나는 이제 니가 지겨워

나는 이제 니가 지겨워

배수아 장편소설

자음과모음

 **차례**

프롤로그_ 1 Answering 6
프롤로그_ 2 일기의 한 부분-몇 년 전 7
프롤로그_ 3 일기의 한 부분-몇 달 전 10
프롤로그_ 4 최근 어느 날의 비망록 17
프롤로그_ 5 편지-발신인 모름 18
프롤로그_ 6 모니터 옆의 메모판-언제 쓴 것인지 기억나지 않음 19
프롤로그_ 7 수의학 교실에서 20
프롤로그_ 8 스스로에 대한 평가 21

1. 여동생, 결혼을 알리다 24
2. 나이 든 독신 여자친구 29
3. 그날 이후 첫번째 데이트 요청 34
4. 광견병과 한바탕 40
5. 가족사진의 풍경 44
6. 사촌 금성 49
7. 얘는 한번도 남자에게서 전화가 온 적이 없는걸요! 54
8. 사촌 금성의 여자친구들 58
9. 결혼에 대한 금성의 견해 63
10. 금성의 고민 68
11. 내가 결혼하지 않는 이유 73
12. 독신녀는 무엇으로 사는가 79
13. 길, 집으로 찾아오다 85
14. 도대체 뭐가 문제지? 89
15. 드러난 커플, 숨겨진 커플 95
16. 길이 나를 묻다 100
17. 이럴 때 친구가 필요하다 105

111 18. 미라의 경우
116 19. 금성의 경우
121 20. 친구는 없다
126 21. 가족에 대한 중간평가
132 22. 결정적인 실수
137 23. 지금껏 내가 경험한 가장 고독한 것
143 24. 소중한 것을 지키는 길은 단지 침묵뿐
148 25. 그날 이후 나는 강철이 되겠다고 결심했다
153 26. 모두가 지나간 옛 노래
157 27. 길에게 노, 라고 말하다
163 28. 남자 동료
167 29. 그 남자의 이름은 Husband
172 30. 자연에 대한 진숙의 생각
177 31. 나에 대한 미라의 생각
182 32. 자연의 순수한 남자에 대한 설명
186 33. 서란에 대한 미라의 생각
191 34. 넌 아무래도 남성혐오증 환자인가 봐
196 35. 또 다른 자유의 여자
201 36. 딜도
206 37. 나는 나, 너는 너
211 38. 독신 어리광
216 39. 2PAC
220 40. 나는 이제 니가 지겨워
225 41. 脫戀愛主義

232 : 작가의말

프롤로그 1

Answering

　나는 유경. 지금 전화를 받고 싶은 기분이 전혀 아닙니다. 상냥하게 말하고 싶은 기분도 당연 아닙니다. 솔직하게 말하면, 누구인지는 모르지만 당신이 싫습니다.
　앤서링 머신을 켜놓은 채 서랍 속에 전화기를 처박아버렸을 수도 있어요. 급한 일인가요? 그렇다면 할 수 없죠. 녹음을 남겨주세요. 단, 일에 관계된 경우에만 가능해요. 그렇지 않다면 그냥 끊어도 돼요. 사실은 그래주었으면 좋겠군요. 지금 누군가와 이야기할 기분은 아니거든요. 사실대로 말하자면 기분이 아주 더러워요. 이유 따위는 당신과 상관없는 일이니까 궁금한 척하지 말아요. 말하고 싶은 기분 전혀 아니니까. 녹음된 목소리를 듣고 싶은 기분은 더욱 아니에요. 생리 중이냐구요? 아마 그렇게 생각한다면 당신은 남자겠죠. 단순하고 오만한. 아니면 남자친구랑 헤어졌냐구요? 그럴 줄 알았어. 저능하기는. 내가 지금 말하고 싶은 유일한 것은 전화가 받기 싫다는 거죠. 특히 당신의 전화가.
　그럴 리는 없겠지만 혹시 내 가족 중의 한 사람이라면 다시는 전화하지 말았으면 해요. 난 당신들이 아주 싫거든. 혹시 과거에 나와 한 번 잔 일이 있는 남자라면 이제 나는 당신 이름 따위도 기억이 나지 않는다고 말해주고 싶어. 왜냐하면 내가 같이 잤던 남자들은 대부분이 젠체하는 쪼다였기 때문이죠. 별것도 아닌 일로 수다나 떨까 하고 전화한 친구들이라면 발 닦고 텔레비전 드라마나 보시지. 거기 너희들이 원하는 모든 것이 있으니 말이야. 혹시 내가 잊고 안 낸 세금이나 할부금 때문에 전화하신 분이라면 미안해요. 사흘 안에 은행으로 달려가겠으니 안심해요.

프롤로그 2
일기의 한 부분 – 몇 년 전

내가 남성 혐오증이 있다는 것이 나를 아는 모든 사람들의 평가다. 그러니 아마 사실일지도 모른다. 그러나 어쩌란 말인가. 혐오스러운 것이 사실인데. 누구는 결혼 혐오증이라고 표현하기도 하고 누구는 가족 혐오증이라고 하기도 한다. 하지만 다 그게 그거다. 그러나 사람들이 모르는 것이 있는데, 나는 남자뿐 아니라 여자도 혐오한다. 여자가 여자를 혐오하는 이런 점은 남자를 혐오하는 것보다 눈에 잘 띄지 않는 법이다. 여자들에게는 노예근성이 강하다. 게다가 노동을 싫어하고 공짜를 좋아하고 험한 일을 경멸하는 근성이 있는 주제에 보석과 마차를 좋아하니 비열하기조차 하다. 친구 미라는 이 점에 대해서 명확한 변명거리를 갖고 있다.

"여자들은, 오랜 세월 동안 길들여져서 그래. 사회 문화적 유산이야. 개인의 과오로 치부하기에는 무리가 있어."

미라는 언제나 그런 식이다. 우아하게 다리를 꼬고 앉아서 그건 그렇고 이건 이래, 하면서 결론이라고는 하나도 없는 회의적인 말을 늘어놓는다. 지성적인 척하지만 그녀의 머릿속에 들어 있는 것도 그녀 자신이 은근히 경멸하는 '대중적인 지성'에서 하나도 벗어나는 것이 없다. 즉, 여자는 보호받을 가치가 있고 그러므로 아름다워야 한다는 것이다. 미라의 기준에 의하면 세상에는 증오할 것이 하나도 없다. 아니 증오는 있으되 그 대상이 하나도 없는 것이다. 사랑도 마찬가지다. 모두 다 그 나름대로의 완벽한 변명거리를 가지고 있다. 유전이거나 학습이거나 환경이거나 불가항력이거나 무한한 인과관계 속의 사소한 하나의 고리라거나 힘없는 개인이라거나 시스템의 문제, 그것이다. 친한 친구이기는 하지만 가끔 미라가 너무 싫다. 미라는 자신의 우아함을 한껏 이용해 상대편으로 하여금 스스로를 남루하게 느끼게 만드는 기술이 있다. 세련된 말솜씨를 이용해 나와 같은 사람이 가진 극단적인 견해를 부끄럽게 만드는 것이다. 극단적인 견해란 문화의 궁핍에서 나온다는 것이 미라의 간단한 해석이었다. 더 이상 말하지는 않았지만 미라는 침묵 속에서 반드시 덧붙이고 있는 것이다. 그게 바로 너의 경우지 유경, 하고. 이런 내 생각에 대해서 미라가 어떻게 반응할지 다 알 수 있다. 투덜거리는 불평은 바로 '질투하는 서민층'의 대표적인 의식이야, 하고.

또 다들 내가 이기적이고 독선적이라고도 한다. 맞는 말이다. '타협은 곧 패배다'. 이것이 내 생의 한 모토이기도 하다. 그러니 당연한 일이다. 비가 내리거나 폭풍이 치거나 아랑곳하지 않고 난 호랑이처럼 달려왔다. 어려운 일 있어도 내색하지 않기, 돈이 없으면 밥을 굶고 낮이나 밤이나 일할 각오가 돼 있었다. 결혼하지 않은 상태에서 집을 나와 살아간다는 것은 결코 쉬운 일이 아니다. 가족으로부터 도움을 받지 못한다면 말이다. 지금 나를 보고 우아한 독신녀의 생활을 즐긴다고 부러워하는 후배들도 있지만 그건 뭘 모르고 하는 철없는 말이다. 방을 얻기 위해 친척에게 빌린 돈을 갚으려고 나는 몇 년 동안이나 퇴근 후 아르바이트를 했는지 모른다. 그 동안 내 생활은 절대로 물러서지 않는 전쟁이었다. 그런 전투를 헤치고 나왔으니 당연히 부상도 많이 입었다. 그걸 잘 아는 내

주변의 사람들은 나를 좀 무서워하는 것 같다. 아무도 그런 나를 여자로 안 본다.

프롤로그 3
일기의 한 부분 – 몇 달 전

 하룻밤만 지나면 나는 서른세 살이 된다. 친구들과 서른세 살 새해를 맞는 파티를 하자는 말이 있었으나 얄미운 진숙이 약속이 있다면서 미리 선수를 쳤다.
 "아마 진숙이 요즘 남자를 만나는 것 같아."
 이건 미라의 의견이다. 미라는 진숙이 화장실을 간다면서 자리를 비우자마자 이렇게 말했다. 예의 그 뭐든지 다 알고 있다는 말투다.
 "또 어떤 멍청이를 낚았다고 기고만장해 있을 거야. 기다려보자구. 아마 열흘도 지나지 않아 말하고 싶어서 혓바닥이 바람에 날리는 기분이 들걸. 유경에게 전화해서 이건 비밀인데 하고 속삭이고, 그다음에는 나에게 그리고 그다음에는 서란이나 자연에게 비밀을 무덤까지 가지고 가야 한다고 맹세를 강요한 다음 한 시간이고 두 시간이고 떠들어대겠지. 이쪽은 졸려서 하품이 나오건 말건 말이지."

그리고 그다음에는 서란이 전화를 걸기 위해서 자리를 떴다. 그러자 화장실에 달려온 진숙이 서란의 새 귀걸이를 문제 삼았다. 서란은 새 귀걸이를 하고 나타났는데 아무래도 선물 받은 듯하다는 것이 진숙의 입방아였다. 서란이 새 보석을 사면 반드시 자랑하는데 이번에는 아무 말도 하지 않는다는 것이다. 사생활을 드러내기 싫어하는 서란이므로 충분히 추측이 가능하다는 것이다. 거기다 서란의 새 귀걸이는 서란의 경제 상황으로 살펴볼 때(서란은 우리 중 가장 부유하다) 그다지 값나가는 것이 아니다. 말하자면 거의 싸구려에 가깝다. 그런 귀걸이를 서란이 직접 샀을 리는 죽어도 없고 전부 부자들뿐인 서란의 다른 친구나 친척들이 사주었을 리도 없다. 값싼 것은 무엇이든지 경멸하다 못해 증오하기까지 하는 서란인데 그런 귀걸이를 굳이 하고 있는 것을 보면 뭔가 심상치 않다. 아마도 이번에는 경제적으로 부유하지 않은 남자를 사귀고 있는 것 같다. 서란은 머리 좋은 가난한 남자들을 돈으로 사냥한다. 이것이 진숙의 생각이었다. 진숙은 남자나 보석에 모두 다 욕심과 질투가 많다.

그때 미라의 전화기가 울렸고 미라는 얼굴을 찡그리면서 전화를 받았다. 아마 일 관계인 듯했다. 통화가 길어지자 미라는 할 수 없이 통화실로 자리를 옮겼다. 그때 침묵을 지키고 있던 서란이 말하기를 미라의 집안이 한바탕 소동이 컸던 XX금융회사에 할아버지의 거의 모든 유산을 투자하고 있다가 모조리 날렸다고 한다. 그리고 덧붙였다. 이제 결혼 시장에서 미라의 가격도 옛날만큼 높지는 않을 거야. 특별한 재산도 없고 나이는 서른셋이다. 일류 대학을 나오고 미모가 있다고는 하지만 그렇게 만만치 않은 콧대를 가지고 있는데 조건이 맞는 남자가 있을 턱이 없다. 재혼 시장이라면 몰라도. 하긴 대학 졸업장과 미모를 갖춘, 게다가 눈이 하늘만큼 높은 전문직 서른세 살의 여자가 대한민국에 결코 적은 숫자는 아닐 것이다.

    자연은 이런 분위기가 맘은 들지 않는지 스테이크를 썰며 한마디 했다.

"나는 너희들이 이상해. 날이 갈수록 순수했던 마음은 잊어버리고 모두 으르렁대고 있으니 말이다. 너희들도 모두 한때 정서적으로 극치점이었을 때가 있잖아. 그때와 한번 비교해보렴. 서란이는 전혀 웃지도 않고 진숙이 너는 콧소리 섞인 지어낸 교태 아니면 돈이 없다는 불평뿐이다. 미라는 사람을 내려다보는 거만함이 있고 유경이는 이 세상 모든 것에 호전적인 태도야. 도무지 화내지 않는 것이 없다. 보통 사람들의 평범하고 다정한 마음들을 모두 잃어가고 있어. 난 독신녀는 모두 이렇게 되는 것인가 아주 불안해."

자연의 이런 말은 우리 모두를 화나게 했다. 진숙은 참지 못하고 콧김을 쉭쉭거렸고 전화 통화를 마치고 돌아와 앉은 미라는 얼굴이 일그러졌으며 서란은 포크를 떨어뜨렸다. 나? 나야말로 가장 화를 낸 사람이다. 도대체 자연이 지가 뭐란 말인가. 뭐라서 마치 학교 선생님처럼(말하고 보니 자연은 실제로 학교 선생님이다) 훈계하고 있는가? 세상을 증오할 권리쯤은 나에게도 있다. 일일이 허락을 받지 않아도 된다는 뜻이다. 그러나 당장은 다들 아무 말도 할 수 없었던 것이 자연이 틀린 것은 아니기 때문이다. 물론 그 훈계조의 고리타분함은 우리 모두의 기고만장한 자존심에 상처를 주었지만 사실은 사실이다. 잠시 후 레스토랑의 웨이트리스가 다가와 신용카드로 계산할 거면 마감 시간이 다 돼서 그러니 미리 해달라고 부탁했다. 그날의 순서는 자연이었다. 우리는 한 달에 한 번 순서를 정해 자신이 아는 최고급의 레스토랑에서 친구들에게 저녁을 사는 것이다. 자연이 계산을 하러 자리를 비우자 내가 외쳤다.

"정말 기분 나빠. 그 말투 들었니? 뭐 문제아들에게 훈계하는 것처럼. 옛날 학교에서 선생들이 쓰던 말투와 똑같잖아.

나는 모든 것을 알고 있지만 너희는 아무것도 모르니 너희는 내 말을 들을지어다. 바로 그런 말투. 아무도 우리의 가치관이나 태도를 욕할 수는 없어. 그런 것은 학교 따위에서 죽도록 지겹게 들었는걸. 감히 우리에게 도덕을 설교하다니."

그러자 기다렸다는 듯이 진숙이 거들었다.

"맞아. 자연이 걔는 남에게 피해 주지 않고도 즐기면서 사는 인생이 있다는 것을 아직도 납득하지 못하고 있어."

미라도 한마디 했다.

"맞아. 쟤는 오늘 밥값도 할부로 끊어야 할걸. 경제 환경이 인간의 의식과 수준을 규정하는 거야."

서란이 뭐라고 말하려는 찰나 자연이 돌아와서 대화는 이쯤에서 끊겼다. 그때 나는 화장실에 가고 싶다는 것을 느꼈다. 참자, 참자, 외쳤으나 도저히 참을 수가 없었다. 그렇다면 방법은 단 하나, 번개처럼, 정말 번개처럼 다녀오는 수밖에 없다. 나에 대해서 뭐라고들 씹고 까불기 전에, 그 대화가 채 시작되기도 전에 말이다.

"화장실에 다녀오겠어."

나는 얼굴을 찡그리고 일어섰다.

"어머, 유경아. 넌 얼마나 참았길래 얼굴이 그 모양이니?"

서란이 웃지도 않고 말했다. 서란은 농담이나 아무리 민망

한 말도 웃음 없이 말한다.

"빨리 다녀올게."

나는 누가 묻지도 않은 말을 하고 만다.

"천천히 갔다 와도 돼."

진숙이 까르르 웃으면서 말했다. 그러나 내가 화장실로 발걸음을 열 걸음 정도 옮겼을 때 테이블에서 벌어지고 있을 대화의 내용이 너무나 궁금해졌다. 그 호기심은 요의보다도 더 심했다. 그래서 나는 종종걸음으로 테이블로 되돌아갔다. 화장지를 잊고 왔다고 말할 생각이었다. 테이블이 가까운 모퉁이에 들어서자 서란의 명료한 목소리가 들려왔다. 나는 화분 뒤에 멈춰 섰다.

"그러니까 유경이 갠 호르몬 이상이라니까. 남자와 자본 적이 너무 없어서 그래. 아니면 아주 없거나. 갠 자신의 결핍을 전혀 모르면서 남에게만 으르렁대지."

"그것만으로는 설명이 안 돼. 유경인 한때 과격해 보일 정도로 대담한 생각을 갖고 있었는데 설마 지금까지 남자와 자본 적이 없을까. 내 생각에는 아무래도 유경이 머릿속엔 산업 폐기물 같은 것들만 잔뜩 들어 있는 것이 틀림없어. 내 말이 맞다니깐. 그 앤 아직도 공산주의 사상을 버리지 못한 것이 분명해. 그렇지 않고서는 저 나이에 철부지처럼 융통성이 없을 수가 없지."

미라가 얄미울 정도로 융통성이 넘치는 목소리로 대꾸했다.

"유경이가 공산주의자였다고? 그런 일이 있었니?"

자연의 목소리.

"그 앤 이십대 초반에 지하 서클에 가담했었어. 뭐 잠깐이었지만. 난 모른 척했지. 왜 알잖아. 한때는 공산주의자라고 이름 불리기를 원하는 사람들이 있었어. 나름대로 명예라고 생각도 했고 말이야."

이것이 언제나 가장 나를 잘 이해한다는 미라의 말투란 말인가. 나는 머리가 갑자기 아파왔다.

"그랬구나, 어쩐지."

진숙이 고개를 끄덕였다.

"난 도대체 유경이의 끝도 없고 명분도 없는 전투 같은 증오심이 어디서 나오는지 궁금했었어. 그런데 이제 알겠군."

"글쎄. 내 생각에는 사회적 증오심이란 이념보다는 박탈감에서 나온다고 생각해. 논리를 가장하고는 있지만 이성이라기보다는 감정이야. 그러므로 난 유경이의 인생에 남자라는 요소가 지나치게 부족했던 것이 원인이 아닐까 하는데. 잠자리 상대의 남자 말고 애정의 대상으로서의 남자 말이야."

서란은 마지막까지 나를 히스테릭한 노처녀로 몰고 싶은 것이 분명했다. 나는 더 이상 듣고 싶지 않아서 화분 뒤를 떠나 다시 화장실로 향했다. 졸지에 나는 남성 호르몬을 게걸스럽게 탐하는 전투적인 여자 공산주의자가 되고 만 것이다.

프롤로그 4
최근 어느 날의 비망록

　하루에 가염 버터를 백 그램, 콜라를 일 리터나 마셨다. 미라와 함께 쇼핑을 하면서 까르띠에를 카피한 플래티넘 이어링을 샀다. 이런 것을 해도 왜 미라는 아주 자연스럽게 상류사회 인종처럼 보이는 것일까? 수의기생충학 책을 새로 샀다. 친구들은 내가 수의사가 되면 애완동물들을 나에게 맡기겠다고 하지만 노 땡큐. 나는 내 꿈이 있다. 나는 아프리카로 가서 야생동물들을 위해 일할 것이다. 반드시 그럴 것이다.

프롤로그 5

편지 – 발신인 모름

  앞장은 어디로 사라졌는지 모른다. 편지는 중간부터 시작하고 있다.

  …… 그래서 당신에게 사과합니다. 부디 너무 화내지 말아주시기를. 당신이 나를 내가 감당할 수 있는 그 이상으로 증오한다면 내 마음은 일생 동안 무거울 것이고 내가 무덤으로 돌아간 다음에도 나는 용서를 구하기 위해서 몸부림칠 수밖에 없으니까요. 당신이 내 입장을 이해해주리라고 생각하지는 않지만 인간의 삶이라는 이 부족한 상태를 이해해주기를 바랍니다. 뭐든지 마음대로 되지는 않으니 겨울에는 낡은 옷이 헐고 여름에는 스웨터가 너무 두텁다는, 그런 식이지요. 이 글을 쓰고 있는 시간에도 당신이 마음을 바꾸리라고는 생각이 들지 않습니다. 그러나 역시 관용을 바라게 되는군요. 다른 것이 아닌 무엇보다도 당신 자신이 스스로에게 베푸는 관용을. 그리하여 억압에서 풀리기를, 그리고 아울러 이런 고리타분한 문체를 용서해주시기를. 당신의.

이 편지를 쓴 사람은 분명 나와의 관계를 과대 해석하고 있다. 정확히 무슨 내용의 관계였는지는 기억나지 않지만 하여튼 그렇다. 쓸모없는 휴머니스트나 낡은 감상주의자들 중의 한 명임이 분명하다. 적어도 확실히 추측할 수 있는 것은 글 솜씨가 번드르르하니 문학청년을 가장한 지골로가 틀림없다는 것이다. 참고로 나는 이 편지를 싱크대 뒤편의 벽 틈 바구니에서 발견했는데 이미 기름투성이가 되어 있었다. 아마 몇 년이나 전에 생선을 튀긴 프라이팬의 기름을 닦아내고 나서 그곳에 버린 것 같다.

프롤로그 6
모니터 옆의 메모판_언제 쓴 것인지 기억나지 않음

장길수 씨, 그렇게 시시덕거리고 있지 말고 일이나 좀 하시지. 그리고 광견병, 팀장 좋아하시네. 당신은 똥침감이야.

프롤로그 7

수의학 교실에서

  남자가 필요할 때면 사냥하면 된다. 남자의 취향이 아니라 내 취향이다. 예를 들어서 지금 내 앞에서 수백 가지의 조충, 폐흡충, 개 간질, 돼지폐충, 개 심장 사상충, 태아트리코모나스 등의 사진이 있는 페이지를 펼쳐놓고 외우려고 애쓰고 있는 좀 아둔하고 주머니가 가벼운 학생은 오늘 2PAC을 듣고 있다. 그 애는 이곳에서 자주 마주치는데 양처럼 순해 보이고 아주 귀엽다. 뺨과 목덜미는 우유같이 연하고 입술은 싱싱하다. 부츠를 신은 다리는 길고 보지는 않았지만 그의 등에 파도치는 무의식적인 근육이 상상이 된다. 게다가 나에게 커피를 사줄 기회를 노리려고 안간힘을 쓰는 것이 보이는 것이다. 나는 그 애의 프라이버시를 위해서 그 애를 언제나 2PAC이라고 부르기로 했다. 스무 살? 스물한 살? 역시 포유류는 암컷이나 수컷이나 가장 귀여운 시기가 인생의 너무 이른 즈음에 온다는 생각이 든다. 그리고 그 시기는 지나치게 짧다. 2PAC도 이제 몇 년만 지나면 장길수 씨나 광견병처럼 산성비와 매연에 찌든 가로수 꼴이 될 것이 뻔하다. 게다가 사고방식도 파고다 공원의 애국 늙은이들과 다를 바 없이 질겨질 것이다. 나는 힙합을 좋아하지만 2PAC은 별로 좋아하지 않는다. 하지만 수의학 교실의 2PAC은 매력적이다.

프롤로그 8
스스로에 대한 평가

   영화나 음악에 관한 이야기를 나는 좋아하지 않는다. 소녀 시절에 관한 이야기도 그렇고 가족에 관한 이야기도 마찬가지다. 요는 사람들이 처음에 가까워지기 위해서 가장 용이하게 사용하는 접근 수단이 익숙하지 않은 것이다. 나 스스로도 자신이 코뿔소나 멧돼지나 하마 같다는 생각이 든다. 그들은 어울려 다니기에는 너무 덩치가 크고 고집이 세고 게다가 근시안이다. 학교에 다닐 때 나는 머리가 좋다기보다는 노력하는 편이었고 사회에 나왔을 때는 운이 좋았다기보다는 좀 미련하게 일하는 스타일에 가까웠다. 이쯤 되면 열 명 중에 세 명 정도는 입가에 비웃음을 흘리고 있을지도 모른다. 천재도 아니고 절세미인도 아니고 운이 좋은 것도 아니고 사람들과의 친화력도 제로다. 그러니 무슨 행운이 따라오겠는가. 그리고 성격상 무임승차를 참지 못하는 결벽스러움이 문제다.

아직도 내가 하지 못하는 것이 있다. 모피 코트(이건 당연히 돈이 없기도 하지만)와 주식 투자다. 그래 인정한다. 나는 고지식하다.

실제로 자주 하지는 못하지만 내가 한가한 시간이면 좋아하는 것이 있다. 그것은 동물원 산책이다. 아직 이른 아침 안개가 채 가시지 않은 습기 찬 동물원의 공기 말이다. 그러나 아주 오랫동안 나에게 한가한 시간이란 것이 있었나? 물론 나에게도 운이 좋은 측면이 없는 것은 아니다. 오랜 별거 끝에 부모가 이혼하는 바람에 우리 집은 자식들이 혼기를 놓쳐서 결혼은 반드시 시켜야 한다는 뭐 그런 전통적인 사고방식에서 어느 정도는 벗어난 셈이 되었다. 집안이 어지러웠기 때문에 아이들은 제각각으로 성장했고 지금은 일 년에 한 번 정도나 얼굴을 보는 그런 사이가 되었다. 나는 부유하지는 않았지만 대학 교육을 받았고 가족들의 간섭에서 완전히 벗어났다고 할 수 있으며 이제 내 앞에는 오직 내 힘으로 해결해야만 하는 내 문제들이 다가올 뿐이다. 포르노 영화에 출연하든 백화점에서 옷을 훔치든 아니면 아프리카에 가든 내가 결정하면 되는 것이다. 아직 감옥에 간 적도 없고 빚지지 않고 살아왔다. 그렇다면 내 인생은 긍정적인 평가를 내려야 할 것인가? 그래, 분명 보랏빛 인생은 아닐 것이다.

그러나 열렬하게 Yes, yes!

1
여동생, 결혼을 알리다

 최근 가족에게 두 가지 사건이 있었다. 굳이 분류하자면 나쁜 일과 좋은 일이다. 나쁜 일이라면 남동생 수경이 열한번째 회사를 그만둔 것이고 좋은 일이라면 여동생 미경이 곧 결혼한다는 것이다. 수경이 회사를 그만둔 것에 대해서는 가족들의 반응은 냉담했다. 그래? 수경이 또 그랬단 말이지. 삼 개월 만이군. 일단 이 정도였다. 열한번째 퇴직, 삼 년 동안에 무려 열한 번이다. 그러니 이제 가족들이 수경이 하는 일에 대해서 일일이 감격하거나 실망하거나 염려하기에는 너무 지쳐 있다는 것을 탓할 수는 없다. 수경은 신문 보급소의 총무 일을 비롯해서 학원 강사와 자동차 세일즈맨과 번역 사무소의 재택근무자와 건설회사 사무원과 단 두 컷뿐이지만 백화점의 카탈로그 모델을 거친, 그야말로 다양한 경력의 소유자였다. 가족들이 염려하는 것은 수경이 그 일로 인해 혹시라도 상심하여 미경의 결혼식에 참석하지 않으면 어쩌나 그것뿐이었다. 나에 대해서는, 아무도 걱정하지 않았다.

자매이긴 하지만 나는 미경을 잘 모른다. 미경은 나보다 아홉 살이나 어리고 내가 첫번째 직장을 구해 집을 떠날 때 그 애는 코흘리개 애송이었으니 당연한 일이었다. 그 애가 대학에 입학했을 때 나는 백화점 매장에서 선물을 고르다가 가장 평범하고 무난한 스카프와 핸드백을 선물했었다. 그것뿐이다. 아마 그 애를 마지막으로 만난 것도 그즈음이 아닌가 생각이 든다. 학교를 졸업하고 그 애가 무엇을 했는지 난 잘 모른다. 그 애는 엄마를 닮아서 손발이 작고 목소리가 화사했다. 남자친구 정도는 있었을 것이다. 그 애의 인생에 간섭하고 싶은 생각은 전혀 없지만 대학을 졸업하자마자 결혼이라니, 그건 좀 쇼크였다.

"약속이 있다고 빠질 생각은 하지 마라."

엄마의 목소리는 전화상으로도 들떠 있었다. 가구와 옷과 살림살이 쇼핑에 돈 걱정을 하면서도 신이 나 있는 것이 분명했다.

"참석한다고 했잖아요."

엄마의 전화를 받았을 때 나는 두통 때문에 아스피린을 세 알이나 삼킨 직후였다. 하루 종일 변덕스러운 팀장의 기분을 맞추느라 신경질적이 되어 있었다. 저녁에는 생화학 강좌를 듣기 위해서 대학에 갔다. 피곤하지 않을 수가 없었다. 하지만 엄마는 내 기분이 우울한 것을 오해하고 있었다.

"우리로서도 어쩔 수가 없다. 미경과 결혼하는 남자 준도 말인데, 늦어도 가을부터는 홍콩에서 근무해야 하고 미리 가서 살 집도 손보아야 하고 그리고 그 전에 관상어 수입을 위해서 대만에도 다녀와야 하고, 그래서 준도의 집에서는 미경이 졸업하기만을 기다리고 있었는데…… 그리고 무엇보다도 준도의 나이가 서른이 넘었으니. 우리도 네 생각을 안 한 것이 아냐. 이봐 애, 유경아 듣고 있니? 내 말이 들리느냐구."

"너무 잘 들려서 문제죠."

나는 퉁명스러워지지 않으려고 노력했지만 한숨이 나오는 것은 어쩔 수가 없었다. 물어보나 마나 철없는 미경에게 결혼하라고 부추긴 것은 엄마일 것이다.

"아무리 네가 마음이 언짢다고 해도 할 수 없어. 그리고 요즘은 동생이 언니보다 먼저 결혼한다는 것이 그다지 신기한 일은 아니야."

"내가 언제 그것 때문에 신경 쓰인다고 했나요? 그런 말 한 적이 있느냐구."

"아니, 왜 소리를 지르고 그러니."

"쓸데없는 말을 하니까 그렇죠."

"그래도 반드시 와야 한다. 토요일 두시야."

토요일 두시. 헉, 차가 가장 막히는 시간이다. 갑자기 머리가 더 아파왔다. 다음 주에는 생화학 수업의 시험이 있었다. 게다가 총무부장은 일본 출장을 떠난 사무실 동료 장길수 씨의 일거리까지 나에게 재촉해대고 있는 것이다. 거리에서는 봄이 막 오려고 하는 냄새가 났다. 사람들은 바빠서 물을 벗어난 생선처럼 퍼덕이고들 있었다. 일요일까지도 출근해야 할지 모르는데, 토요일 오후 두시라니.

"장소는 알고 있지? 감리교회로 오면 된다."

아무도 나에게 말해준 사람이 없는데 내가 어떻게 장소를 알 수가 있냐 말이다. 게다가 내가 초등학교 때 이후 얼굴을 비쳐본 적도 없는 감리교회라니.

"잊지 마라. 청바지 차림으로 오면 큰일이야. 숙모들과 아저씨들과 사촌들이 모두 올 테니까."

아, 이건 양보의 여지가 없는 최악이다. 나이 든 친척들과 얼굴을 마주해야 하다니. 낯선 사람인 척하고 앉아 있으면 아무도 나를 못 알아볼 테지. 가고 싶지 않다. 오빠 해경 부부나 수경이나 다른 친척들의 얼굴을 보고 싶지가 않다. 다들 나를 보고 뭐라고 할지 불을 보듯 하다. 다른 사람들이 뭐라면 어때, 난 나야 하고 오만하게 고개를 쳐들겠지만 굳이 그런 상황을 알면서도 달려가고 싶지는 않은 것이다. 그러나 갑자기 어린 미경의 얼굴이 떠올랐다. 몇 년 만에 만나는 것이다. 갑자기 마음이 바뀌었다. 기회가 있다면 잘해주고 싶었던 동생이다. 어쩌면 이것이 그 애를 보는 마지막이 될지도 모른다.

2
나이 든 독신 여자친구

   토요일 아침에 눈을 떴을 때 가장 먼저 든 생각은 복통이 있다는 거였다. 그러나 복통은 삼 초도 되지 않아서 다 사라져버렸다. 그다음은 잠을 잘 못 잤는지 뒤 어깨가 아팠다. 나는 그것이 좀더 치명적인 통증으로 번지지 않을까 해서 침대에서 이리저리 구르며 시간을 끌었다. 그러나 어림없었다. 서두르지 않으면 지각이다. 급하게 스타킹을 신다가 줄이 갔다. 흰 스커트를 찾아 입으려다가 아직 세탁소에서 찾아오지 않은 것을 깨달았다. 물방울무늬 블라우스는 옷장 구석에 처박혀 있고 꺼내보니 구김이 너무 심해서 도저히 입을 수가 없었다. 자, 이것으로 나는 여동생의 결혼식 때 입으려고 생각해둔, 내가 갖고 있는 옷 가운데 가장 우아한 옷을 입지 못하게 되어버렸다. 나보다 아홉 살이나 어린, 거의 오 년 동안이나 만나지 못한 여동생이다. 그동안 거의 잊고 있었다는 것이 정확할 것이다. 그런 여동생의 결혼식에 나타나려면 뭔가 확실한 인상을 주어야 할 것이 아닌가. 어서어서 결정해야만 했다. 더 이상 침대에서 꾸물거릴 시간이 없었다. 도대체 세탁소 전화번호는 어디 있는 거지? 그리고 머리카락은 오늘따라 철사처럼 힘이 세서 드라이어로도 잘 펴지지 않을 것 같다. 앗! 그러다가 나는 발견했다. 거울 속 내 얼굴의 한가운데서 약간 왼쪽으로 비껴선 뺨에 빨간 뾰루지가 나 있는 것을.

    샤워를 마칠 때까지 뾰루지는 없어지지 않았다. 세탁소에 전화해서 흰 스커트를 배달해오게 하고 머리에 세팅기를 말고 화장을 했다. 그래도 뾰루지는 사라지지 않는다. 세팅기를 만 채로 블라우스를 다리려고 해보니 소매의 얼룩이 눈에 띄었다. 내가 가지고 있는 다른 옷들은 모두가 다 청바지와 티셔츠뿐이다. 큰일이다. 게다가 뾰루지는 시간이 갈수록 점점 더 커지고 있다. 그래도 뭔가 입을 것이 있을까 옷장을 뒤지고 있는데 전화벨이 울렸다. 아마도 엄마겠지. 늦지 말라는 확인일 것이다. 망설이다가 전화를 받았다. 수다쟁이 진숙이

나 아니었으면 좋겠는데. 이런 오전부터 전화를 걸어댈 친구라고는 그녀밖에 없다. 진숙은 스트레스를 오직 수다로 풀어내려고 하는 친구다. 제발 그녀가 고양이가 감기에 걸렸다거나 가출했다는 이유로 전화한 것만 아니라면 좋을 텐데. 이제 겨우 수의학 야간 과정을 삼 년째 수강하고 있는 나를 진숙은 마치 정식 수의사처럼 생각한다.

"오, 유경이니? 나야. 진숙."

역시나 그녀의 목소리이다. 나는 얼굴이 찌푸려지는 것을 참을 수가 없다.

"얘 어쩌면 좋니. 양양이 말이야."

양양은 진숙이 기르는 고양이의 이름이다. 또다시 고양이에게 문제가 생겼구나. 진숙의 고양이는 한 달에 평균 두 번 꼴로 문제를 일으킨다.

"양양이 어떻게 됐다는 거야?"

나는 기운 없이 대답했다. 별로 대꾸하고 싶은 기분이 아니었다.

"양양이 손톱 에나멜을 먹었어. 어쩌면 좋니. 지금 너무 이른 시간이라 수의사도 영업을 시작하지 않았잖아. 난 출근 준비해야 하는데. 지금 양양 때문에 어쩌지도 못하고 있단다. 오, 가엾은 양양, 지금 속이 화끈거리는지 냉장고 위로 뛰어 올라가버렸지. 난 지금 어찌할 바를 모르겠어. 유경아."

법대를 나온 진숙은 규모가 큰 법률회사의 자료 담당으로 일하고 있었다. 그녀의 회사도 우리의 경우와 마찬가지로 토요일도 근무한다. 진숙은 회사에서는 나름대로 유능하다는 평을 받는지는 모르겠다. 하지만 사생활에서의 그녀는 내 마음에 들지 않는다. 그녀의 고양이 양양보다 나을 것이 하나도 없다.

"그렇다면 아세톤을 우유에 듬뿍 타서 먹이면 되지 않을까, 그런데 도대체 양양이 왜 에나멜을 먹었을까?"

나는 무성의하게 대꾸했다.

"카펫에 쏟아지자마자 냉큼 달려와서 핥아버리던걸. 우유에 아세톤을? 정말 그렇게 하면 될까?"

"그런데 말이야……."

나는 가능한 한 목소리를 부드럽게 하기 위해서 안간힘을 썼다.

"지금 출근 준비에 바쁜 것은 너뿐만이 아니고 나도 마찬가지야. 미안하지만."

"오! 그렇구나, 정말 미안해. 잊었어. 양양 때문에 너무 정신이 없어서 그것까지는 생각하지 못했어."

진숙이 소리 높여 사과했다. 하지만 그 목소리는 화가 나 있는 것이 분명했다.

"하지만 유경아, 이렇게 생각해줄 수는 없겠니? 나 진숙은 이 세상에서 사랑하는 것이 단 두 가지밖에 없다. 하나는 고양이 양양이고 다른 하나는 친구, 유경 너야. 그래서, 그래서 이런 일이 생긴 거라고 말이야. 하지만 너, 말투가 사무적이구나. 그래. 미안해. 언제나 나 혼자서 잘못한 거지, 뭐. 또 내가 머리가 나빠서 실수한 거니? 출근 준비 잘 하라구. 똑똑한 유경, 다시 한 번 말하지만 시간을 뺏어서 미안해."

그리고 진숙은 탕 하고 전화기를 내려놓았다. 나 참. 뭐가 어떻게 돌아가는 건지. 진숙의 감정 변화는 기복이 너무 심하다. 그 비합리적인 굴곡은 감당할 수가 없다. 어쨌든 나이 든 독신 여자친구란 정말 골치 아픈 존재라니까!

3
그날 이후 첫번째 데이트 요청

　여동생의 결혼식이 있는 날 아침, 나는 간신히 지각하지 않고 여덟시 오십구분쯤 사무실로 뛰어 들어갈 수 있었다. 참고로 말하자면 내 하의는 오늘 아침 세탁소에서 갓 찾아온 우아한 흰 스커트였다. 그러나 상의는 물방울무늬 블라우스 대신 DKNY티셔츠에 블랙 데님 재킷이다. 잘 입지 않는 스커트를 입고 있자니 계속해서 신경이 쓰이는 것을 어쩔 수 없다. 스커트가 말려 올라가지 않을까, 스타킹에 줄이 가지 않을까 하는 염려가 일에 집중할 수 없게 만들었다. 게다가 장길수 씨가 일본에서 보내온 이메일에는 예상치 못한 현지 사정으로 출장 일정이 한 이삼일 정도 늦어질 거라는 내용이 들어 있었다. 이건 큰일이다. 그렇다면 원장이 주최하는 회의에 내가 장길수 씨 대신 참석해야 한다는 뜻이다. 금요일 회의에서 이상한 질문이라도 받으면 큰일이니까 회의 자료를 읽어보아야 한다. 금요일 밤에는 생화학 시험도 치러야 하는데. 아직 오전 열시도 되기 전부터 머리가 다시 아파오기 시작했다. 걸려오는 전화도 받고 화분에 물을 주거나 사내 이메일에 공지 사항을 띄우는 일도 모두 나에게만 맡긴다. 그러나 불평할 수는 없다. 직장을 다니며 내가 배운 것은 사람들은 연출을 신뢰한다는 것이다. 비록 머리에서 지진이 나고 고향에서 홍수가 나고 당장 애인이 이별을 일방적으로 선언할지라도 절대 히스테릭한 표정을 지으면 안 된다. 일에 대한 긴장을 잠시라도 늦추어서도 안 된다. 물론 사람들은 사정을 들으면 이해하겠지만 나에게 득이 되는 행동은 아니다. 나는 그런 일은 하고 싶지 않다. 사람들의 동정이란 화상 입은 개구리에게 보내는 시선만큼 짧고 무의미한 것이다. 그들은 돌아서면 잊어버린다. 내가 불성실했던 것만 기억할 것이다. 그리고 화장이 완벽해야 한다. 완벽하지 못한 화장이라면 차라리 파우더만 두드리고 끝내는 것이 낫다. 완벽한 화장은 표정을 지워주고 개인적인 감정의 그늘을 최대한 없애준다. 그것은 나를 언제나 상냥하고 여성적인 이미지로 완성시켜줄 것이다. 나는 십 년 동안의 직장 생활 동안 그런 긴장을 잃지 않으려고 노력해왔다. 그런데 맙소사! 화장실에서 다시 한 번 더 거울을 들여다보니 그새 뾰루지는 더 커져 있었다. 자존심 상하기가 이루 말할 수 없었다. 평상시의 나 같으면 오후에 당장 피부과 병원을 갔겠지만 지금은, 지금은 이 꼴로 여동생의 결혼식에 가야 한다. 이런, 또 전화벨이 울렸다.

"마치 사나운 탱크처럼 일하고 있군. 잠깐 좀 쉬었다 하는 것이 어때? 이 앞에 테이크아웃 커피점이 오픈했는데 어떤가, 생각이 있나?"

길이다. 어디선가 내가 미친년처럼 일하고 뛰어다니는 것을 보고 있었음이 틀림없다. 도대체 어디 있는 거지? 나는 스커트로 무릎을 덮고 주변을 둘러보았다. 삼십 명이 일하는 사무실은 각자의 책상마다 삼십오 센티미터의 칸막이가 설치되어 있어 서로의 얼굴이나 상황이 금방 파악되지는 않는다. 그러나 변함없이 스스로의 일에만 몰두하고 있는 분위기는 느낄 수 있다. 대개 심각한 표정으로 컴퓨터를 들여다보거나 전화기를 붙들고 남들은 알 수 없는 수치를 늘어놓기도 한다. 그러나 그중에는 몰래 애인과 통화하고 있거나 사내 이메일을 통해 동료들과 노닥거리는 사람들도 분명히 있을 것이다.

그러나 길의 모습은 보이지 않는다. 길이 일하는 사무실은 이곳보다 두 층이나 높은 곳에 있으니 당연하기도 할 것이다. 가끔 그가 어디서 나를 감시하고 있는지 궁금해지기도 한다. 그리고 테이크아웃 커피점이라니, 그런 짓을 하면 당장 회사의 전 직원들이 이상한 소문을 낼 것이 분명하다.

"미안해요."

나는 사무적인 상냥함이라는 것을 삼십 퍼센트 정도만 드러내면서 대꾸했다.

"부원장님, 전 당장 끝내야 할 일이 너무 많아서요. 삼십 분 안에 다 처리하지 못하면 야근해야 하거든요."

"토요일 오후에 야근하기는 싫은 모양이지? 만일 야근해야 한다면 내가 저녁을 사줄 용의도 있어."

길은 사무적인 친절이라는 것을 백 퍼센트 드러내고 너그럽게 말하려고 하지만 잘 되지 않는다. 토요일 오후의 저녁식사. 말하자면 데이트 신청인 것이다.

"고맙지만."

나는 여전히 사무적인 상냥함을 내세운다. 연출에 있어서 나는 길보다 한 수 위라고 스스로 생각하고 있다.

"오후에는 결혼식에 가봐야 해서요. 야근할 수가 없군요. 따라서 저녁을 사주실 일도 없겠어요."

전화를 끊은 다음에 나는 자리에서 일어서서 팀장에게 결재 서류를 들고 걸어갔다. 걸으면서 나는 미소를 지었다. 그 날 이후 첫번째 데이트 요청이다. 갑자기 두통이 한 삼 초 정도 사라졌다. 누군가 나를 여자로 보고 있다는 사실이 기분 좋다는 것은 부정할 수 없다. 그러나 그것뿐이다. 절대로 호들갑 떨지 않겠다고 다짐한다. 어차피 길도 이 심심한 한낮의 농담을 즐기는 것뿐일 테니까.

"뭐야, 기분이 좋은 겁니까?"

팀장은 서류를 들여다볼 생각도 하지 않고 내 얼굴과 스커트를 빤히 쳐다보더니 물었다. 어느 사무실이나 이런 종류의 인간은 있지만 나는 특히 이 인간이 싫다. 거드름을 피우고 회사에서는 배를 쭉 내밀고 다니며 관리자인 척하며 목소리를 굵게 내려고 애쓴다. 그러나 음식점에서 취하게 되면 여종업원이 조금만 마음에 들지 않게 행동해도 '이 쌍년, 손님을 뭘로 보고 지랄이야!' 하고 삿대질을 해댄다. 야간 여상 졸업자나 혹은 자신보다 더 높은 레벨의 학위를 가지고 있는 여자에 대해서는 경멸과 시기에 찬 모함을 뒤에서 늘어놓는다. 그의 머리통 속에 들어 있는 것은 똥과 편견, 두 가지 종류밖에 없다. 흔히 중년 남자에 대해서 상상할 수 있는 모든 악덕을 남김없이 가지고 있다. 이제 익숙해질 만도 하건만 그래도 언제나 볼 때마다 싫다.

3
광견병과 한바탕

 감리교회에 도착했을 때 신랑 입장이 막 시작하고 있었다. 절대로 내 잘못이 아니다. 점심도 못 먹고 보고서의 초안을 짜고 다음 주 출장 리스트를 만들었다. 그리고 정각 한시, 핸드백을 둘러메고 책상을 치운 다음 비호같이 퇴근하려는 찰나, 팀장이 내 뒷덜미를 잡았다.
 "이봐, 유경 씨. 다음 주 금요일의 원장실 회의 건은 어떻게 되어가고 있는 겁니까?"
 나는 천천히 심호흡을 하고 뒤돌아보았다. 회의에 관한 모든 것은 작성해서 팀장의 책상 위에 놓아둔 것이 오전 아홉시 오십분이었다. 팀장은 이 시간까지 사우나에서 퍼져 있다가 5대 일간지와 3대 스포츠신문을 섭렵한 다음에 지금 나에게 기껏 묻고 있는 것이 '회의 건은 어떻게 되어가고 있지?'라니. 그러니 화가 나지 않을 수가 없다. 하지만 절대로 절대로 화내는 표정을 짓지 말자. 스트레스를 받으면 뾰루지가 더 커질 것이 분명하다. 스틱 파운데이션으로 숨기는 것도 한계가 있다.

"그건 책상 위에 놓아두었는데요."

나는 상냥하게 대꾸했다.

"책상 위에 휙 던져놓기만 하면 일이 다 되는 겁니까? 설명을 해주어야죠. 내게도 준비할 시간을 줘야 할 것이 아닙니까. 그리고 지금 시간이 몇 시인데 벌써 나가려고 그래요? 여사원들은 그게 안 돼. 지각을 하지를 않나. 유경 씨, 오늘 몇 시에 출근했어요? 휴가를 다 찾아먹으려고 하고. 생리 휴가다 월차 휴가다 연가다 출산 휴가다. 그러면서도 퇴근 시간은 절대로 양보할 수 없고."

내 뾰루지가 갑자기 얼굴 전체로 부풀어 오르는 느낌이었다. 팀장은 원래 나에게 불만이 많다. 아니, 여사원들 전체에 대해서 불만이 많다. 스물일곱 살이 넘도록 결혼해서 퇴사하지 않고 회사에 남아 있는 여사원들이란 성실하고 책임감 있는 가장인 이 세상 남자들의 밥그릇을 빼앗는 짓을 하는 것이다. 그렇게 생각하는 종족이었다. 모든 사고방식이 얼마나 전근대적이고 무식하게 몰아붙이는지 별명도 광견병이었다. 물론 내가 동생의 결혼식에 가야 한다고 말하면 보내줄 수밖에 없을 것이다. 그러나 나는 그런 쉬운 방법을 쓰기가 싫었다. 일종의 오기였다.

"하지만 팀장님이 오전에 한 시간만 일을 하셨더라면 충분히 검토할 수 있는 양이었는데요. 그리고 전 오늘 지각하지 않았어요."

"뭐예요! 아무것도 모르면서 아는 척하지 마세요!"

팀장은 예상했던 대로 얼굴이 시뻘개져서 자리에서 벌떡 일어섰다. 아직 퇴근하지 않은 직원들은 반은 내 알 바 아니라는 식의 뚱한 얼굴이었고 나머지 반은 졸리는 한낮에 웬 재미있는 구경거리냐 하는 식으로 가까이 다가와서는 말리는 척하면서 즐거워했다. 그러나 안타까운 것은 난 팀장에게 그의 실수를 논리적으로 조목조목 따질 시간이 없었던 것이다. 내가 언제 지각을 했느냐, 너는 물론 아침 일찍 출근했겠지. 그리고 술이 덜 깨서 사우나를 다녀오지 않았는가. 내가 언제 조항에 있는 모든 휴가를 다 써먹었는가, 그리고 설사 그렇다 하더라도 내가 맡은 일을 하지 않은 것은 뭔가, 내가 근무 시간에 사우나에 간 일이 있는가, 불시 출장을 간다 하고 차 안에서 잠을 잔 일이 있는가, 그리고 광견병 너도 와이프가 있고 딸이 있을 텐데 그들은 직장에 안 다니는가. 왜 매일 야근하지 않는다고 닦달인가. 일이 목적인가 아니면 불필요한 야근을 시킴으로 유능한 노예 감독이라는 인상을 상관에게 주고 싶은 건가.

하지만 모든 것이 어제오늘의 문제가 아니다. 직장 생활의 요령은 여러 다양한 캐릭터들을 만나고 거기에 자기 자신을 적응시키고 단련시키는 것이다. 하지만 역시 화가 난다. 어쨌든 차에 시동을 걸었을 때가 한시 이십오분. 감리교회까지는 그다지 먼 거리는 아니었지만 지금은 토요일 오후가 아닌가. 나는 하느라고 한 것이다. 교회에 도착하니 막 식이 시작되고 있었다. 어쩌면 늦게 온 것이 도리어 다행인지도 모른다. 친척들과 얼굴을 마주칠 일이 그만큼 줄어들었으니까. 내가 교회 안으로 들어가 뒷자리에 앉았을 때 흰 밀가루로 빚어서 참기름을 발라놓은 듯 멀끔한 얼굴을 가지고 은테 안경을 쓴 남자 하나가 막 워킹을 시작하고 있는 중이었다.

5
가족사진의 풍경

 아, 저 남자가 준도로군. 관상어 수입을 한다더니 정말 관상어처럼 보이는군그래. 무난하고 깔끔한 인상이다. 그런데 정말 불쾌하게도 준도라는 남자의 얼굴과 잠시 전까지 스트레스를 받았던 광견병의 얼굴이 겹쳐 보이는 것은 왜일까. 아주 불쾌해진다. 게다가 뽀루지, 잊고 있었다. 나는 몰래 핸드백에서 거울을 꺼내 왼쪽 뺨을 살펴보았다. 그리고 소용없는 짓인 줄 알면서도 콤팩트를 두드렸다. 왜 나는 스트레스를 받으면 어김없이 이런 것이 올라온단 말인가. 갑자기 음악이 바뀌었다. 아주 익숙한 음악이다. 이것은 바그너의 〈축혼가〉다. 그렇다면 저기 저 어울리지 않는 핑크빛 화장을 한 키가 작고 흰 드레스를 입은 여자가 여동생 미경이고 그 손을 잡고 나란히 걸어가고 있는 어색한 포즈의 키 큰 남자가 오빠 해경이란 말인가. 나는 어안이 벙벙해져서 멍하니 그들을 쳐다보기만 했다. 내가 기억하기로 오빠 해경은 어린 시절에 좀 모자라지 않을까 한 그런 사내애였다. 주뼛주뼛 수줍어하고 괜히 여자애들의 고무줄을 자를 때나 즐거워하고 그림책 한 페이지를 읽는 데 한 시간이나 걸리는 그런 애 말이다. 그런데 저 모습을 보라지, 가느다란 테 안경하며 얇은 입술과 가늘고 길게 찢어진 눈, 금빛의 커프스 버튼과 수제품이 분명한 넥타이에, 미경보다 머리 하나는 분명히 크고 어색하기는 하지만 당당한 걸음걸이가 아주 차가운 보스형의 남자로 바뀐 것이다. 해경은 아무래도 엄마의 온갖 기대를 다 독차지했기 때문에 그가 받은 특별대우는 다 기억하기에도 벅찬 것이었다. 물론 우리 가족은 전근대적인 사람들도 아니고 모두 도시에서 태어나고 자란 사람들이다. 그래서 노골적으로 남자를 대우한다든지 그런 것은 없었다. 하지만 엄마가 해경을 유난히 사랑한 것만은 틀림없었다. 부모도 사람인데 정이 더 가는 자식이 있을 것이 아닌가. 그러므로 해경은 초등학교 때부터 고등학교 졸업 때까지 할 수 있는 모든 혜택을 받으면서 공부했다. 그 말은 언제나 대학생 과외 선생님들이 우리 집에 드나들었다는 뜻이다. 해경이 하는 모든 말이나 아주 사소한 행동도 엄마는 특별한 것으로 해석하고 있었다. 말하자면 해경에 대한 엄마의 애정은 아직도 여자들이 남자에게 보내는 낭만적이고 일방적인 애정의 한 형태인 것이다. 엄마의 그런 애정은 부모님이 이혼한 이후로 더욱 정도가 심해졌다고 볼 수 있다. 어쨌든 길게 말하면 마치 내가 해경을 질투하고 있는 듯이 느껴질 것이므로 그만 진정하고 얼굴 근육을 이완시켜 미소를 지을 준비를 해야지.

혼인 서약이 끝나고 가족들의 사진을 찍을 순서가 되어 내가 등장하자 모든 가족들의 시선은 날카롭게 나에게 와서 꽂혔다.

'아니 얘가 뭐하다가 이제서야 나타나는 거야?' 하는 엄마의 표정.

'티셔츠에 데님 재킷이라니 정말 너무 예의가 없군, 사돈들 보기 민망하네' 하는 오빠 해경 부부의 얼굴.

'저 여자가 내 언니 유경인가, 너무 오랜만이라서 얼굴도 기억나지 않는데' 하는 미경의 어리둥절한 얼굴. 하지만 역시 결혼하는 신부답게 너무 얼이 빠져서 한 가지 생각에 오래 집중하지 못한다.

'이런, 얼굴에 뾰루지가 났군. 꽤 큰 놈인데, 호르몬 이상인가 보군. 역시 사람은 나이가 되면 시집가고 장가가야 해. 그렇지 않으면 아무래도 생리적인 이상이 오기 마련이지. 그나저나 내 차례는 언제일까? 결혼하기 전에는 충분히 즐기겠지만 결혼한 후에는 난잡하게 굴기 싫다. 싸구려 인생처럼 보이니까. 자유가 어울리는 나이가 있고 품위가 어울리는 나이가 있는 법 아닌가. 하지만 난 아직 괜찮아. 나는 절대로 나이 들지 않을 건데 뭐' 하는 동생 수경의 능청스러운 표정.

　'아니 저렇게 늙은 처녀애가 내 조카 유경이란 말인가? 아직 시집도 못 갔다고 하던데. 오늘 같은 날 여동생이 먼저 시집가니 마음이 얼마나 심란할까, 쯧쯧……. 서른이 넘어 직장 생활 하고 있으면 본인도 피곤하고 남 보기도 심란스러운데……. 헌데 그걸 알고나 있는지 모르겠다. 저 뻔뻔한 표정을 보니. 허긴 쟤가 어렸을 때부터 원래 그랬느니라' 하는 이모의 측은해하는 표정.

　'일부러 지금 나타나는군. 아무래도 사진은 찍어야 할 것이지 암. 그런데 얼굴이 왜 저래? 그럼, 스트레스를 받았군. 당연한 일이지. 여자가 공연히 눈은 높아가지구. 나이는 생각 못 하구……'. 이건 아버지 쪽의 대표로 참석한 숙모의 표정. 말은 안 해도 다 읽을 수 있다.

'어머, 저 아줌마가 유경 언니인가? 저 데님 재킷은 올해 새로 나온 디자인인데. 어디서 샀을까? 나도 빌려달라고 하면 들어줄까? 그리고 DKNY 티셔츠로군. 작년에 유행하던 디자인이야. 그리고 왼뺨의 화장이 지워졌어. 파운데이션을 너무 많이 발랐군. 여자들은 왜 나이가 들면 화장이 진해지는 걸까? 아무래도 피부가 늘어지고 잡티가 생기니 가리는 데 힘이 들 거야. 난 아직 괜찮겠지?' 이건 대학생인 사촌들의 얄미울 정도로 자신만만한 미소.

그리고 마지막으로 환하게 미소 짓는 사촌 금성. 가족은 어린 시절과 다르다. 그런데 변하지 않은 것은 금성뿐이다. 그는 옆자리를 가리키면서 나에게 말한다. "어서 와, 반갑다. 여기에 서면 될 거야." 내가 사촌 금성의 옆에 가서 서기가 무섭게 카메라의 플래시가 터졌다.

6
사촌 금성

 그날은 처음부터 엉망이었지만 피로연 자리에서도 역시 마찬가지였다. 사진을 찍고 나자 모든 사람들의 비난이 쏟아졌다. 왜 늦게 온 거냐, 옷차림이 그게 뭐냐, 얼마나 일이 많았는데 좀 빨리 와서 거들어줄 수도 있는 것 아니냐, 동생이 결혼한다고 하면 회사에서 휴가를 얻을 수 있을 텐데 왜 고집을 피우는 거냐, 네가 언제나 바쁘고 시간이 없다고 해서 준도의 얼굴을 여기서 처음 보게 되잖니. 그건 예의가 아닌데, 등등. 나는 머리가 아프다는 표시로 얼굴을 찌푸렸다. 내 가족이지만 참을 수 없을 때가 있다. 중요한 것은 시간이 갈수록 그런 때가 점점 더 많아진다는 것이다.

"엄마, 그리고 이모, 이제 그만해. 미안해요, 미안하다구요. 하지만 바쁜걸요. 시간이 없는데 어떻게 해요."

"회사 일이 아무리 중요하다고 해도 출근 시간과 퇴근 시간이 있을 것 아니냐, 넌 밤낮없이 일하니?"

"반드시 그런 것만은 아녜요. 얼마든지 예외가 있죠."

회사에서는 야근하지 않는다고 잔소리를 듣더니 여기서는 너무 회사 일에 시간을 보낸다고 잔소리다.

"그리고 너 얼굴이 그게 뭐냐? 넌 세수도 안 하고 다니니?"

기어코 엄마가 내 얼굴의 뾰루지를 트집 잡는다.

"컨디션이 안 좋았어요. 그리고 얘, 미경아. 결혼 축하해."

결국 이 말을 하기 위해서 힘든 걸음을 한 것이다. 나는 그동안 가능하면 가족을 만나지 않으려고 의식적으로 노력해 왔다. 하지만 어쩐지 미경의 결혼식 때는 이 말을 해주어야 할 것 같았다. 내가 기억하고 있는 미경은 멀고 희미하고 뭐든지 뚜렷한 것이 없었지만 그래도 핏줄이란 느낌이 든다. 어차피 나는 그 아이의 인생에 스쳐가는 가족 정도의 의미밖에 없겠지만 한 가지에서 나와서 제 갈 길을 가는 인연도 최소한의 책임 정도는 있으니까.

"고마워 언니. 그리고 인사해, 이 사람이 준도야."

참기름을 바른 밀가루 얼굴이 예의 바르게 고개를 숙였다. 나는 사무적으로 미소 지었다.

"그리고 엄마 난 배가 고파. 어제 저녁부터 뭐 제대로 먹은 게 없어서요."

그래서 친척들은 우르르 식당으로 몰려가 밥을 먹었다. 사촌 금성이 접시를 들고 내 옆에 와서 앉았다.

"유경, 오랜만이야. 이게 몇 년 만이지? 그해 크리스마스 파티 때가 마지막이었으니 일 년이 넘었지?"

금성은 나와 동갑인 고종사촌이다. 한때 그는 내가 알고 있는 가장 잘생긴 남자였다. 검고 윤기 있는 머리칼과 길고 군살 없는 몸매, 만능 스포츠맨인 데다가 머리도 좋고 누구에게나 호감을 받을 수 있는 미소를 가지고 있었다. 게다가 그는 C-bank의 엘리트 직원이기도 했다. 그리고 이건 내 생각일 뿐인데 그는 우리 가족들 중에서 가장 덜 속물적인 사람이었다. 그의 사고방식에는 얽매인 점이 없었다. 그래서 그와 얘기하는 것은 아주 즐거웠다. 오 분만 그와 대화를 나누어보면 그가 다른 사람들과 다르다는 것을 금방 알 수가 있다. 그는 아주 운이 좋은 사나이라고 할 수 있다. 부모로부터 물려받은 우수한 유전인자에 경제적인 행운에 스마트함까지. 그런 그가 아직까지 결혼하지 않고 있는 것은 불가사의한 일이라고 다른 여자들은 생각하겠지만 나는 안다. 금성은 지금 이 상태가 좋은 것이다. 그는 여자를 심각하게 사귀지 않는다는 것을 숨기지 않는 남자였다. 그런 점이 여자들을 더 몸 달게 한다는 것을 미리 계산하고 하는 행동일지도 모른다. 실제로 그를 만나본 내 친구들도 그가 결혼하지도 않았을 뿐더러 아직 스테디한 여자친구도 없다는 말에 솔깃해져서 그를 소개시켜달라고 나에게 조른 경우가 많았다 그러나 흥, 이다. 금성이 여자를 소개받아서 사귀는 사람이라고 생각한다면 그건 큰 오산이다. 그는 자기 자신의 인생 원칙에 대해서는 필요하다면 언제든지 밝히고 그것을 비교적 일관되게 유지했지만 그 대상이 되는 여자들에 대해서는 철저히 비밀을 지켰다. 그는 애매한 미소를 짓고 화제를 다른 곳으로 돌리는 것이다. 나는 금성이 여자들에게 인기가 있는 근본 원인은 그런 점에 있다고 본다. 그는 연애의 전과 후에 여자에게 좋은 친구로 남을 수 있는 그런 남자였다. 여자에게 거짓말을 하지 않으며(예를 들어 단지 같이 잠자기 위해서 사랑한다고 하거나 애인이 있는데 없다고 한다거나 지키지도 못할 약속을 한다거나 전화하지도 않을 거면서 전화한다고 하거나) 쓸데없이 페미니스트 흉내를 내지도 않는다. 금성은 아마 결혼한다면 좋은 남편이 될 수 있을 것 같다는 생각이 들었다.

물론 나 같은 여자 말고 보통의 꿈을 가진 여자들의 경우에 한해서이다. 애인이나 남편이 아니고 단지 사촌이라도 금성과 같은 남자를 알고 지낸다는 것은 기분 좋은 일이다. 물론 세상일이란 완벽하지는 않다. 예를 들어서 금성이 너무 완벽하게 보인다는 점이 불필요한 의심을 유발한다는 것이다.

"뭘 그렇게 실실 웃고 있어? 넌 언제나 그렇게 기분이 좋기만 하니? 신선이나 바보만이 그럴 수 있을 텐데."

이런 식으로 테스트해보고 싶은 것이다.

"난 분명히 신선은 아니지만 바보도 아니라고 생각해. 너 얼굴이 많이 안됐군. 밥은 제대로 먹는 거야? 기분은 어때?"

자신감이 있는 족속들은 비아냥에 그다지 신경 쓰지 않는다. 그래서 더 분하다.

"내 걱정은 말아. 난 다 잘되고 있어. 난 지금 필 소 굿이야."

"여자 빨치산처럼 보이는데그래."

말은 그렇게 하면서 금성은 나에게 악수를 청했다. 어쨌든 반갑다.

7
얘는 한 번도 남자에게서 전화가 온 적이 없는걸요!

 예상했던 대로 이모와 숙모, 그리고 다른 여자 친척들은 미경의 결혼 자체보다 나이가 한참이나 더 많은 내가 언제 결혼할 것인가, 과연 할 수는 있을 것인가, 이런 문제로 열띤 대화를 나누었다. 물론 난 그런 관심이 전혀 반갑지 않았지만.
 나는 접시를 확 뒤집어버리면서 소리쳐주고 싶다. 아니, 뭐 결혼이 그렇게 중요한 건가요? 그게 그렇게 결정적인 거냐구요. 다른 선택은 없나요? 아니 왜 그렇게 답답해요? 내 인생이라구요! 나는 오른편에 놓인 것을 포기함으로서 왼편에 놓인 것을 가지는 그런 인생을 선택했다. 그런데 다들 이 세상에는 오른편만이 존재하는 줄로 알고 있다. 결혼을 하려면 우선 남자가 대학을 나오고 키는 일 미터 칠십 센티미터 이상은 되어야 하고 집이 있어야 하고 홀어머니에 외아들이 아니어야 한다. 이 점에서 식탁에 앉아 있는 모든 여자들이 늙은 여자 젊은 여자 할 것 없이 고개를 끄덕였다. 당연하지, 지당하고말고, 그런 표정으로. 그러면 홀어머니에 외아들은 어떻게 결혼하란 말인가! 집도 없고 대학도 안 나온 남자들은! 게다가 키까지 작으면. 내가 이런 의문을 제기했으면 거기 모인 여자들이 그랬을 것이다. 얘 유경아, 이건 결혼이고 결혼은 개인과 집안의 중요한 문제야. 이상이 아니고 현실이란다.

물론 그래서 나는 접시를 집어던지지도 않았고 지배적인 이데올로기에 의문을 제기하거나 하지도 않았다. 비록 결혼이 이런 속물 정신으로 무장된 사람들의 아주 이기적인 사업이라는 평소의 생각에는 변함이 없었지만 말이다. 사실 이제는 상식이 되었다. 다른 사람들이라고 몰라서 로맨틱한 척하고 있지는 않을 것이다. 식탁의 대화는 계속되었다. 그러면 결혼하기에 적절한 여자의 조건은 어떤 것인가?

"그야 당연히 적령기에 적당한 수준 이상의 외모가 있어야지. 오늘 미경이를 봐라. 얼마나 예쁘고 보기 좋은가."

드물게 외삼촌이 끼어들었다.

"아녜요. 요즘은 외모도 개성 시대예요. 개성이 있으려면 능력이 있어야 하구요."

대학에 다니는 외사촌들이 입을 모았다. 그 애들은 역시 촌스러운 어른들이란, 하는 표정으로 외삼촌과 이모를 보고 있었다.

"그래, 능력도 좋지만 그래도 역시 나이 먹은 신부는 볼썽사납더라. 여보 알죠? 지난번 그 정 사장 딸은 서른이 훨씬 넘어 시집을 갔잖아요. 그 결혼식장에서 난 왠지 측은해서, 원. 화장을 해도 그렇게 나이 든 티가 나고."

친척 중에서 가장 부유한 이모와 이모부가 상류사회의 사람답게 나직나직한 말씨로 분위기를 거들었다. 나는 점점 자리가 불편해지는 느낌이었다.

"그래도 요새는 여자들도 모두 직장을 다니니까. 아무래도 결혼이 늦어지게 되죠. 옛날과 달라요. 사실 요즘 직장 없는 젊은 여자 어디 있습니까. 선을 보게 되더라도 직장이 없으면 값이 다운되죠."

"맞아요. 외모가 아주 출중하지 않는 이상."

"그래. 결혼하기 전까지라도 다니는 것이 낫지. 그게 더 번듯해 보이고."

"하지만 아무래도 결혼이 늦어진다는 문제가 있어요. 선만 많이 봐보세요. 눈이 점점 더 높아져서 이제 웬만한 남자는 코 아래로 보이죠. 그러다 보면 아차 하면 스물여덟이에요."

나에게 더욱 비극적인 것은 엄마마저도 이 대화에 적극적으로 개입하기 시작했다는 것이다. 금성과 나는 서로의 직장에 대해서 가벼운 대화를 나누고 있었는데 엄마의 이런 목소리가 점점 커지자 나는 난처해져서 입을 다물었다.

"유경인 올해 몇이지?"

드디어 이모의 우아한 목소리가 내 귀에 꽂혔다.

"서른셋이죠."

나는 가능한 한 아무 감정 없는 목소리로 대답하려고 노력했다.

"사귀는 사람도 없고?"

식탁의 시선들이 나에게 모아졌다. 흥미진진해하는 눈빛이다.

없어요, 라고 내가 짧고 냉정하게 대답하려는 찰나 엄마의 유난히 쨍쨍한 목소리가 식탁의 침묵을 깼다.

"없지, 얘가 무슨. 누구든지 좋은 사람 있으면 얘 소개 좀 시켜줘요. 내가 안다니까. 유경이는 대학생 때부터 한 번도 남자에게서 전화가 온 적이 없는걸요!"

압권이었다.

8
사촌 금성의 여자친구들

그날 금성과 나는 감리교회를 빠져나와 같이 저녁을 먹으러 갔다. 시나리오대로 하자면 나는 집으로 얼른 돌아와 샤워를 하고 상투적인 중산층의 결혼 파티와 가족 이기주의의 절정과 지극히 속물적인 가치 찬양의 모든 것들을 내 머릿속에서 깨끗이 몰아낸 다음 생화학 공부에 몰두했어야 했다. 나에게는 꿈이 있었다. 수의사가 되는 것이 그것이다. 수의사 자격증을 얻기 위해서 야간 강좌를 듣고 있다. 이제 이 년만 더 있으면 시험을 치를 수 있는 자격이 생긴다. 시험에는 한 번에 합격할 계획이었다. 당분간은 직장을 그냥 다니면서 동물원 일자리를 알아볼 생각이었다. 그런 다음에 아프리카로 간다. 필요하다면 아프리카로 이주도 할 생각이다. 난 사람보다 동물이 더 좋다. 단, 애완견을 말하는 것은 아니다. 야생동물 말이다. 돈을 벌어서 스스로의 힘으로 동물 다큐 필름을 찍는 것 또한 꿈이다. 가능하다면 해양생물에 관한 공부도 계속하고 싶다. 그렇다. 나는 아직 서른세 살이다. 서른세 살밖에 안 된 것이다. 하고 싶은 일은 너무 많고 읽고 싶은 책도 많고 듣고 싶은 음악도 많다. 아프리카의 석양도 보고 싶고 멸종하기 전에 알래스카의 고래도 보고 싶다. 이 세상 많은 것을 느끼고 싶다. 그것을 위해서 준비해야 한다. 시간이 모자랄 지경이다. 혹시 내가 돈을 벌어 그것을 다 쓰지 못하고 죽는다면 그린피스에 기부할 것이다. 장기 기증을 할 것이고 화장을 할 것이다. 나는 내 인생이 그 자체로 어떤 흔적도 남기지 않고 심플하게 진행되기를 바란다. 그래서 나는 무엇보다도 생화학 공부에 열중했어야 했다. 하지만 금성과 함께 모시조개가 들어간 스파게티를 먹고 치즈 케이크와 홍차를 마시고 있으니 이것도 아주 잘못된 선택은 아니라는 생각이 들었다.

"그래서."

금성은 두 잔째의 홍차를 주문하면서 나에게 몸을 돌리고 아주 적절할 만큼만 시선을 집중하고 미소를 지었다. 누군가 다른 사람이 이 광경을 본다면 우리를 연인으로 착각한다고 해도 절대 무리는 아니다.

"처음 해경에게서 이 결혼식에 대한 말을 들었을 때 나는 당연히 유경, 너의 결혼이라고 생각했어. 당연하잖아. 그래서 이런, 나를 두고 먼저 결혼하는군. 가서 알밤을 먼저 먹인 다음에 축하한다고 해주어야지. 이렇게 생각했지."

"오늘 밤에도 수백 번 말하지만 금성, 난 결혼할 생각이 없어."

금성은 저녁 식사 도중에 지나가는 말처럼 아직 독신으로 있는 자신의 친구들이 작은 모임을 만들었는데 그중의 한 명이 나와 아주 어울릴 듯하다고 운을 떼었었다. 그래서 나는 대답하기를, 나 또한 독신인 여자친구들과의 클럽을 하나 만들었는데 그중에는 아직 기회를 기다리고 있는 친구들도 없지는 않으니 만일 필요하다면 그중의 한 명을 소개시켜줄 수는 있다, 그러나 나는 결혼이나 교제를 전제로 한 시시껄렁한 데이트 따위는 하지 않겠다, 그렇게 대답했다. 금성은 아무래도 좋아, 하는 식으로 어깨를 으쓱거리고 말았다.

"금성 너야말로 지금까지 뭐 하고 있는 거야? 너는 외아들이고 부모님도 나이가 많고. 그리고 너는 독신을 고집하는 입장이 전혀 아니잖아. 그게 궁금한데."

"뭐, 나를 만나는 사람들은 백이면 백 다 그걸 궁금해하니까.

사실은 나 이제 슬슬 결혼해야겠다고 생각하고 있는 중이야."

"그래? 그러면 상대는 누구일까, 혜란이? 유미? 예술이? 아니면 설마 그 미국인 매니저라는 금발머리 카리나는 아니겠지."

나는 대충 내가 기억하고 있는 금성의 여자친구들 이름을 불러보았다. 금성은 눈을 둥그렇게 떴다.

"무슨 소리야, 혜란이와 유미라니. 그 애들하고는 끝난 지 벌써 반년도 더 되었어. 그리고 예술이는, 설마 내가 그렇게 독특한 성격의 여자와 결혼하리라고 진심으로 생각하고 말한 거야?"

"하지만 넌 예술이의 그런 비일상적인 성격이 매력적이라고 분명히 말했었어."

"잠깐 사귀기에 매력적이라는 얘기지. 그리고 카리나는 말도 안 돼. 나는 타 인종 간의 결혼은 대개의 경우 전략의 일부로서만 해석해. 식민지를 지배할 필요가 있다든지, 권력의 재평정이 이루어질 필요가 있다든지 다국적 기업의 시장 개척을 위해서라든지. 그런 표정 짓지 마. 이런 회사에서 오래 근무하다 보면 자연스럽게 몸에 배는 사고방식일 뿐이지. 하지만 난 카리나와 그런 사이가 아니었어. 우리 사이에는 더 이상 시장 확대나 문화적 침투나 이민족 동화나 그런 것이 필요가 없었거든. 그런 것들은 이미 오래전에 다 이루어진 일이었고 더구나 같은 기업에서 일하고 있었으니까. 그 말은 곧 카리나와 나는 굳이 결혼할 필요도 없다는 뜻이지."

"그렇다면 금성 너 내가 모르는 여자와 결혼하는구나?"

"글쎄. 사실을 말하자면 지금 확실한 것은 난 올해 구월에 명동성당에서 결혼하기로 되어 있어. 아마 대주교가 미사를 이끌 거야."

이렇게 말하고 그는 레몬이 들어간 두 잔째의 홍차를 비웠다.

9
결혼에 대한 금성의 견해

"그렇다면."

나는 좀 놀랐다.

"구월이라면 이제 육 개월밖에 남지 않았는데, 너 숨기고 있구나! 이미 주연 여배우는 결정된 거잖아."

"아니야, 유경. 내가 왜 너에게 이런 걸 숨기겠어. 아직 확실한 것을 결정하지 못한 거야. 결혼식과 장소와 날짜는 결정했지만 주연 여배우는 아직."

"그런 게 가능해?"

"지금 눈앞에 이렇게 있잖아."

그리고 금성은 기분이 좋은 듯이 빙긋 웃었다. 그러나 곧 정색하는 표정으로 바뀌었다.

"사실 나도 이제 서서히 결정할 시간이 다가오지 않았나 생각하는 중이야. 난 다음 주에 유럽으로 출장을 가야 하는데 한 이 주일 정도 걸릴 거야. 돌아올 때쯤이면 머릿속도 정리되어 있을 거야. 왜 이런 경험 있지? 죽어도 안 풀리는 문제나 게임. 가끔 환경이나 장소를 바꾸면 그동안 고민했던 것이 어이없어질 정도로 쉽게 풀리는 경험. 나에게는 이것이 아주 중요한 게임이거든. 어쩌면 가장 중요한 일을 시험 없이 결정하는 거야. 취향과 기분만으로 말이지. 난 이런 게임의 방법이 아주 마음에 들지 않아. 위험하다고도 느껴. 도대체 검증할 기회가 너무 빈약해. 난 시험을 앞두고는 언제나 내가 할 수 있는 한 열심히 공부했다고 생각해. 그래서 지금도 공부 중이야. 난 결혼하면 아이를 셋은 낳으려고 해. 그건 내가 외아들로 외롭게 자란 탓도 있고 아이들을 훌륭하게 잘 키우는 것이 한국 같은 나라에서는 공익을 위하는 일이라고 생각하기 때문이야. 그러므로 이혼 따위는 최대한 피하고 싶은 일이야. 일단은 기본적으로 이런 내 생각에 동의하는 여자여야겠지. 그리고 여자가 자기 일을 갖는 것은 요즘 필수라고 할 수 있지. 일하는 어머니의 모습을 보고 자라는 것이 아이들에게도 좋으니까. 자라면서 받게 될 성적인 편견을 최소화할 수 있을 거야. 사회에서 전문적인 위치를 감당하고 있으면서 또 최대한 좋은 어머니가 될 수 있는 여자, 그리고 기꺼이 그럴 용의가 있는 여자. 특정 종교를 갖고 있지 않았으면 좋겠어. 그건 편협이거든. 그렇다고 해서 무신론자는 싫어. 그건 고집이지. 그리고 부부 사이가 근본적으로는 친구라는 것을 이해하는 여자였으면 좋겠지. 내 개인적인 취향으로는 쿨한 여자가 좋아. 하지만 정치에 냉소적이거나 프리섹스 옹호자거나 공산주의자는 모두 싫어. 그런 삶의 태도는 지나치게 작위적이야. 애완동물은 기르지 말았으면 하고 하나 이상의 악기와 스포츠에 능한 여자였으면 해. 스파르타의 여자들처럼. 나이가 들어도 절대 목소리가 커지지 않았으면 하고 성형수술 여부는 문제 삼지 않겠어. 결혼식에 초대할 수 있는 직장 동료 이외의 남자친구가 적어도 세 명 이상은 됐으면 해. 그리고 몸무게가 오십 킬로그램 이상이 되는 여자는 사절이고 키가 백육십오 센티미터 이하인 여자도 사절이야. 대학 시절의 전공은 가능하면 음악이나 미술, 무용 등이 아니었으면 해. 각종 단체에서 자원봉사 한 경력이 있으면 더욱 좋겠지. 그건 게으르거나 안이하지 않다는 것을 증명하니까. 그리고 이건 내 욕심인데 성격이 낙천적이고 적극적이면 더욱 좋겠어."

"이봐, 금성!"

나는 입이 딱 벌어졌다.

"왜, 그런 여자를 알고 있어?"

"넌 도대체 그런 여자가 이 세상에 존재한다고 생각하니? 현실 감각이 있는 거니, 없는 거니?"

"들어봐, 유경. 진심으로 하는 얘긴데 현실 감각이 없는 편은 바로 너야. 그런 여자가 이 세상에 존재하지 않는다고? 분명히 존재해. 그것도 한 명 이상으로. 내가 말한 조건들은 최소한 그렇게 하려는 분명한 의지를 가지고 있는 여자들을 말하는 거야. 인간은 누구나 변하고 그 변화의 계기가 되는 것은 여러 환경의 요인인데 연애도 그중의 하나지. 선천적인 재질에 본인의 희망 의지가 작용한다면 그런 여자가 이 세상에 없다는 것이 도리어 이상하지."

"난 지금 어리둥절할 뿐이야. 금성 넌 모순투성이야. 물론 네가 꽤 괜찮은 결혼 상대자라는 것은 인정하지만, 명동성당에서 결혼하겠다면서 특정 종교가 없어야 한다는 둥, 아이를 셋이나 그것도 최고로 키워야 하는 여자가 전문직업을 유지하고 있어야 한다는 둥, 좋은 어머니가 되어야 한다면서 뭐 목소리가 크지 않고 쿨하기를 바란다고? 너 혹시 〈마이키 이야기2〉라는 비디오 필름을 본 적이 있는지 모르겠다. 너

혹시 일방적으로 너무 많은 것을 바라고 있다고 생각은 안 해봤어?"

"물론 나도 상대편에게 최대한 배려를 해야겠지."

"겨우 '배려'라는 단어로 표현하는군. 하여튼 금성 넌 절대 그런 여자를 찾지 못한다는 데 걸겠어."

"그렇다면 너는 이미 졌어. 난 육 개월 전에 벌써 발견했거든."

금성은 빙글거렸다.

"뭐어?"

"말 그대로야. 사실 내가 그렇게 길게 나열한 희망사항이란 것은 결국 그녀에게서 내가 느낀 이미지들의 설명이었으니까."

"그렇다면 더 이상 뭘 결정하고 말고 할 것이 있니?"

"그런데 말이야, 고민인 것이 비슷한 시기에 두 명의 여자를 알게 되었는데 물론 그 두 명은 아주 다른 여자인 것은 확실한데, 그 둘에게는 공통점이 있는 거야. 그 공통점이 뭐냐 하면 바로 내가 원하는 모든 것들이야."

10
금성의 고민

"기찬 인연이군."

나는 더 이상 놀라는 것을 포기했다.

"물론 다른 점도 있지."

금성은 내 반응에 신경 쓰지 않고 계속했다.

"예를 들자면 첫번째 여자를 A라고 한다면 A는 애교가 많고 물건을 잘 잊어버리고 전화 통화를 즐기고 영화 관람을 아주 좋아해. A는 거의 체질화된 상냥함을 가지고 있어. 주변의 모든 사람을 즐겁게 해주지. 거기에 비하면 B는 좀 싸늘한 인상을 가지고 있어. B는 꼭 필요하지 않으면 미소도 잘 보이지 않지만 그럼 점이 묘하게 끌림을 주는 얼굴이야. 한마디로 말하자면 타고난 미인이지. 미소 짓지 않아도 아름답게 보이는가 하는 것이 바로 미인과 그렇지 않은 여자와의 차이점 아닐까 생각이 들더군. B는 내가 먼저 전화하기 전에는 거의 먼저 전화하는 일이 없어. 고급 브랜드 취향이 아주 강해서 '캐서린 햄넷'이나 '안나 수이' 마니아야. 화장품은 '달팡'을 쓰지. 하지만 또 의외로 사회참여 성향이 강해서 환경운동이나 북한의 굶주림 문제에도 관심이 많지. 착한 아이야."

나는 속으로 코웃음 쳤다. 달팡 화장품에 안나 수이를 쓰면서 뭐 북한의 굶주림이 어떻다고? 기도 안 막힌다. 금성 애가 갑자기 바보가 된 것 아닐까. 아니면 원래 타고나는 부자들이란 이런 아둔한 면이 있는 것일까.

"난 A의 여성스러운 면이 끌리기도 하지만 B의 귀족적인 중용도 좋아. 꺼려지는 면이 있다면 A는 지나친 개인주의자이고 B는 나이가 어리다는 것 정도이지."

"몇 살인데?"

"A는 서른 살이 넘었어."

금성은 쑥스러운지 매끈한 면도 자국을 한 번 쓰다듬었다.

"사실 말하자면 나보다 한 살이 더 많아. 직업은 인테리어 회사에서 일해."

"B는?"

"그녀는 이제 막 대학원에 입학했어. 스물세 살이지."

"반드시 그 두 명 중에서 선택해야 하는 거야?"

내가 한숨을 쉬면서 물었다.

"반드시 그런 것은 아니지만 그 둘은 이제까지 내가 만나온 여자들 중에서 가장 결혼 상대로 알맞은 여자들이야. 아니, 그것은 내가 지금까지 결혼을 고려하지 않고 여자들을 만나와서 별로 그것에 대해서 생각해보지 않은 탓도 있겠지만, 어쨌든 그 둘은 다른 여자들과는 아주 다른 뭔가 독특한 점이 있어. 난 그 점이 좋아."

"그 점이 뭔데?"

"낭만주의자가 아니라는 것이지."

금성이 결론을 내렸다.

"어쨌든, A든 B든 어느 쪽이라도 결정이 나면 너에게 소개시켜줄게. 너희들 친할 수 있을 거야."

"혹시 그 둘은 금성 네가 이렇게 자기들을 놓고 저울질하고 있다는 것을 아니?"

"아니. 모르는 것이 당연하지 않아? 그런 걸 말할 의무는 없잖아."

맞는 말이다. 논리적으로 금성은 별로 틀리는 적이 없다.

그것이 대화하는 상대편을 유쾌하게 해주는 장점 중의 하나이다. 사물을 객관적으로 인식한다는 것. 낡은 관습에 얽매이지 않는다는 것. 자기 소신이 분명하다는 것. 그리고 그런 일들을 말할 때 설사 다른 의견을 가진 상대에게도 거부감을 최소화할 수 있게 표현하는 기술이 있다는 것. 여자의 입장에서 듣는다면 금성의 말이 기분 나쁠 수도 있었다. 그러나 나는 그러지 않기로 했다. 어차피 나는 결혼하지 않을 것이고 결혼을 생각하는 사람들의 일은 나와는 상관없는 것이다. 그런 사람들의 일이 이 지구를 오염시키고 고릴라 발바닥 장식물과 같은 혐오스러운 취미를 장려하는 일만 아니라면 내가 흥분할 일이 조금도 없다.

"넌 어때?"

집에 데려다주면서 금성이 물었다.

"뭘 말야?"

"아까 큰어머니가 하신 말 중에 있었잖아. 왜 너는 옛날부터 집으로 전화 걸어오는 남자친구가 한 명도 없었다면서."

그리고 금성은 큰 소리로 웃었다.

"널 잘 알고 있다고 생각했는데 그 말은 정말 압권이더라. 큰어머니는 아마 너의 좋은 점에 대해서 말하려 한 것이겠지만. 하하."

"짜증난다. 그만해."

"큰어머니의 말이 사실이야?"

"뭘 알고 싶은 거야?"

"그렇게 고집 피우지 말고 말해봐. 결혼은 하지 않는다 해도 여자나 남자나 뭐가 다르겠어? 때로는 남자가 필요할 것 아냐. 말해봐, 독신녀는 무엇으로 살지?"

11
내가 결혼하지 않는 이유

토요일 밤 잠들기 전에 냉장고에서 맥주 한 캔을 꺼내 마셨다. 이런 짓을 하면 살이 찔 것이라는 것을 상상할 수 있지만 오늘은 평범한 날이 아니고 하나뿐인 여동생이 결혼한 날이다. 맥주 한 캔 정도야 용서할 수 있는 일이 아닌가 생각이 든다. 그러나 한 캔을 마시니 어딘지 좀 허전하다는 생각이 들었다. 아, 기왕 마시게 된 거 한 캔만 더 마신다고 몸무게가 엄청 불어나지는 않을 것이다.

내가 결혼하지 않는다고 해서 가까운 사람들조차도 나를 철의 심장을 가졌거나 아니면 남자에게 애초에 흥미를 느끼지 못하는 여성 호르몬 부족 체질이라거나 남자에게 지기를 죽기보다 싫어하는 악바리거나 매력이라고는 눈곱만큼도 없으면서 둔하기 이를 데 없는 여자거나 그중의 하나라고 생각하고 있다. 물론 나는 거의 언제나 침묵이나 냉소로 응답할 뿐이지만 그건 모두가 다 사실이 아니다. 심지어 우리 이모 같은 사람은 내가 자기 주제도 생각지 못하고 눈이 높아서 돈 많은 남자를 찾아 헤매느라 적령기를 놓쳤다고 뒤에서 중상모략하고 있는데 정말 속물스러운 생각이다. 자기 딸인 석란이와 나를 착각하고 있는 듯하다. 내가 첫 직장을 구해서 집을 나올 때(물론 그것은 엄청나게 힘들었다) 방을 구할 수 있는 돈을 선뜻 빌려준 것은 이모였다. 이모는 부자니까. 그래서 지금 내가 그녀를 미워하고 있는 마음 한구석에 찜찜함이 없는 것은 아니다. 하지만 역시 싫은 것은 싫은 것이다. 그때 빌린 돈은 간신히 다 갚았다. 내가 야간 대학에 늦게 편입한 것도 그 돈을 갚기까지는 여유가 없었기 때문이다. 처음 삼 년 동안 나는 낮에는 직장을 다니고 밤에는 마켓의 야간 캐셔로 일했다. 집을 나올 때 내 생각으로는 가족들과는 가능하면 연락하지 않고 살아갈 생각이었다.

내가 결혼하지 않는 이유는 간단하게 말해서 가족제도 자체가 싫은 것이다. 결국 그 거대한 가족 이데올로기 속에서 파생되기 마련인 남녀관계도 싫은 것이다. 이렇게 말하면 자연이 같은 애는 금방 이해한다는 투로 말하곤 한다.

"그래, 이제 결혼은 비즈니스니까. 진실된 사랑의 감정만으로 결혼하는 사람은 없어. 그러니 네가 그렇게 생각하는 것도 무리는 아니지."

진실된 사랑의 감정이라고? 난 그런 것 믿지도 않고 좋아하지도 않는다. 너무 지루해서 짜증이 날 정도다. 왜 남자/여자 할 것 없이 모여 앉아 그런 얘기나 하고 있는지 모르겠다. 거의 십 년 동안 나는 내 주변의 모든 친구들이 남자나 여자나 할 것 없이 결혼과 연애와 거기에 관련된 일들로 에너지를 소모하고 있는 것들을 보아왔다. 잡지나 텔레비전 드라마나 베스트셀러 소설이나 만화에도 모두 주된 테마는 청춘 남녀들의 짝짓기였다. 그것처럼 많은 이들의 호응을 얻어내고 여러 서브 스토리들을 만들어낼 수 있는 소재가 없으니까 그럴 것이다. 하지만 내가 실제로 사회에 나와서 부딪쳐본 세상은 그렇게 낭만적인 것이 아니었다. 세상은 일단 폭력이 지배했다. 예의범절이나 온화함이나 타인에 대한 배려 같은 것은 자신에게 손해가 오지 않을 경우에만 해당하는 얘기였다. 먹이 한 조각을 차지하기 위해 싸우는 정글 말이다. 그 정글은 너무도 아슬아슬하게 법과 제도로 통제되고 있다. 인간의 본성과 어긋나게 어거지로 만들어진 이 질서는 언제 파괴될지 모른다. 때로 사적인 관계에서 상당히 파괴된다. 조직이란 잘 체계화된 폭력이다. 결혼도 마찬가지다. 예를 들어서 결혼을 하지 않으면 섹스를 할 수 없고 아이를 낳을 수 없고 가족 수당을 타지 못하며 주변에 돌봐줄 사람이 하나도 없을 말년을 걱정해야 하는 것은 채 느끼지 못하는 극심한 폭력이다.

사람들은 남자/여자를 위해서 일하는 것이 아니라 먹이와 자신의 정체성을 위해서 일한다. 먹이도 정체성도 부족할 때 머리에 떠오르는 것이 결혼이다. 결혼은 나약한 선택이다. 왜냐하면 그것을 가지기 위해서 버려야 하는 것들이 많기 때문이다. 예를 들어 이혼이라는 불이익을 감수하지 않으면 단 한 명의 섹스 파트너에게 합법적인 독점권을 인정해주며 살아야 한다. 가정의 운영이라는 무임 노동, 원하지 않는 새로운 친척들 간의 관계, 성문화되어 있지는 않으나 관습적으로, 그러나 무시 못 할 강도의 제약을 가지고 강요되는 사회적인 역할. 어차피 인생이 초이스라고 말한다면 이것이냐 저것이냐 그것이 문제 아닌가. 난 가정 경영 따위에는 관심이 없고 요리나 육아도 하고 싶지 않다. 내가 게을러서가 아니다. 난 다른 것이 더 좋다. 땀을 흘린다면 다른 것을 위해서 흘리고 노동한다면 다른 것을 위해서 하고 싶다. 난, 다른 것에 걸겠다.

그렇다면 사람들은 결혼을 왜 하지? 우리 부모는 왜 했지? 단지 같이 있고 싶어서? 그냥 같이 살면 되잖아. 아이들을 낳아야 하니까? 사생아가 어때서? 법이 그렇다고? 그럼 법을 없애면 되잖아. 사람이 만든 법인데. 세상을 너 마음대로 사느냐구? 그래, 난 마음대로 살고 싶어. 남들 하는 대로 살고 싶지는 않아. 아, 난 그래서 결혼 안 해. 남자가 필요하다면 같이 자겠어. 하지만 결혼을 전제로 남자를 만나고 싶지는 않아. 난 그게 쓰레기를 함부로 버리고 동물을 학대하는 짓보다 더 이상하다는 것을 이해하지 못하겠어. 절대로.

나는 언제나 우리 가족이 싫었다. 그들은 이렇듯 내가 가장 혐오하는 사상으로 중무장되어 있기 때문이다. 내 형제들은 제각기 비슷한 생각을 가진 배우자와 결혼함으로써 비슷한 사상을 가진 아이들을 길러내어 그들의 그런 이데올로기를 전파할 것이다. 내가 좀 과격하다는 것은 나도 안다. 그래서 나는 이런 생각들을 말하거나, 글로 쓰거나 어떤 방법으로든 표현해본 적이 없다. 엄청난 공격을 받을 것이기 때문이다. 그리고 일일이 설명을 요구할 것인데 나는 '모든 인간이 결혼하지 말기' 협회의 회장이 아니다. 그러므로 가족이나 친구들에게 나는 단지 이기적인 이유로 결혼하지 않으려는 차가운 성격의 노처녀 정도로 기억될 것이다. 사람들은 여자가 결혼하지 않으려는 이유가 단지 한국이란 나라에서 결혼제도는 여자들에게 손해이기 때문이라는 그런 단순한 인식을 갖고 있다(명절을 한번 생각해보라). 그래서 결혼하지 않으려는 여자를 이기적이라고 생각한다. 결혼하지 않으려는 남자들에 대해서는 바람둥이일 것이라고 생각해버리는 것과 비슷하다.

12
독신녀는 무엇으로 사는가

　금성은 헤어지면서 물었다. 말해봐, 독신녀는 무엇으로 살지?

　나는 바보가 아니다. 그 말은 섹스를 의미하는 것이다. 어떻게 해결하느냐는 뜻이겠지. 아니, 그 나이까지 설마 처녀라고는 말하지 못하겠지, 뭐 그런 의미가 담겨 있었다. 결국 금성도 나에게 할 말을 한 셈이다. 그도 다를 것이 없었다. 그러나 그것은 그의 탓이 아니다.

　"다음 달 마지막 토요일에 우리들 모임이 있어. 어때, 너희들도 같이 만나는 것이?"

금성은 자기들 독신자들의 모임에 내 친구들을 초대했다. 나는 우선 친구들에게 먼저 물어봐야 한다고 말했다. 하지만 물어보나마나지 뭐. 모두들 악악거리며 좋아할 것이 뻔하다. 말이 독신녀지, 다들 결혼할 기회를 만나고 싶어 안달이 나 있는 것은 다를 것이 없다. 애인이 없는 아이들이나 있는 아이들이나 마찬가지다.

"금성이라니, 네 사촌 말이니?"

모임의 회장격인 미라에게 가장 먼저 전화해보았다.

"맞아. 그 금성이야."

"오호."

신중한 성격의 미라는 잠시 생각에 잠기는 척하다가 다시 물었다.

"그때 크리스마스 파티에서 보았던, 키가 크고 머리가 검고 까마귀처럼 눈이 까맣던 그 남자지?"

"맞다니까."

신기하다. 단 한 번 보았던 금성의 외모를 그렇게 선명하게 기억하고 있다니.

"씨뱅크에 다닌다고 하던."

"그래 맞아. 씨뱅크에 다니고 대학은 한국의 아이비리그를 나오고 정확히 키는 백칠십구 센티미터이고 삼 개 국어를 할

줄 알고 엠비에이(MBA)를 가지고 있고 스포츠를 좋아하는 건강한 남자지. 어때, 아직도 뭐 물어볼 것이 있니?"

"뭐 그렇게 신경질적인 반응을 보일 것 있니? 너무 그렇게 혼자만 고상한 척하지 말았으면 해."

"지금 우리가 결혼 상대자를 고르러 가는 것이 아니고 그냥 친구들을 만나러 가는 것뿐이라는 것을 잘 모르는 것 같아서."

"기회는 지하철에서 오는 법이니까."

미라와 진숙이 다른 점은 사람을 대할 때의 여유이다. 나는 그래서 미라에게 화낸 것을 곧 후회했다. 미라와 신경전을 벌여봐야 언제나 나만 깨지고 만다.

"어쨌든 문제는 없을 것 같은데, 다른 아이들에게 물어보는 절차는 필요하다고 봐."

"난 금요일 생화학 시험이 있어서 그 전에 시간을 내지는 못하니 네가 좀 아이들에게 연락해줘."

"오케이."

미라는 백화점에서 디스플레이어로 일하고 있다. 우리 친구들 중에서 외모가 가장 뛰어난 편이라고 할 수 있다. 그러나 남자를 사귈 때 단점이라면 그 타고난 느긋함이다. 상대편을 불안하게 하거나 초조하게 만드는 의도가 너무 없는 것이다. 포용력은 있다. 그 점이 여자친구들에게 호감을 준다. 남자친구가 생기더라도 자세한 얘기는 결코 털어놓지 않는다. 여러모로 진숙과 비교된다. 미라는 언제나 어른스럽고 신중한 편이다. 미라의 생각은 결혼은 할 수도 있고 안 할 수도 있다. 하지만 만일 결혼을 한다면 그 남자는 왕자라야 한다, 그런 것이다. 고등학교 때부터 여러 남자애들이 공부 잘하고 예쁜 미라를 따라다녔다. 그것이 미라에게 조금도 서두를 필요가 없다는 태도를 심어준 것이다. 남자는 어디에나 있으니까, 손가락만 까딱하면. 미라는 연애 자체를 즐기는 법을 모르는 것 같다. 미라에게 연애란, 잘생기고 좋은 양복을 차려입은 남자가 시키는 대로 하면서 주변에 머무는 것을 의미한다. 그러니 이제 서서히 하품 날 만도 한 것이다. 결혼을 하고는 싶지만 그것이 지금까지의 연애와 별반 다를 것이 없는 동거의 일종이라면 굳이 내키지 않는 것이다.

거기에 비하면 별로 예쁘지 않은 진숙은 여자친구들에겐 골칫덩이지만 남자들에게는 교태가 넘친다. 그렇다고 해서 제대로 된 남자를 진지하게 사귀는 것은 한 번도 못 봤다. 대학에 입학해서 가장 먼저 일류 대학에 다니는 남자친구가 생겼다고 으스대더니 알고 보니 그는 그럴듯하게 생긴 당시 유행하던 가짜 운동권에 가짜 서울 법대생이었다. 그다음에는 허우대만 멀쩡한 고시 중독자, 그 고시 중독자는 십 년 동안 고시원에서 지내면서 여러 전문직 여자들을 농락해온 것으로 드러났다. 다른 하나는 인심 좋게 생긴 유부남. 한때 진숙은 불륜의 사랑에 빠진 비극녀의 모습을 연출하더니 그 유부남이 다른 여비서와 데이트를 시작하자 보기 좋게 차인 꼴이 됐다. 친구들이 자세히 알고 있는 사건만도 이 정도다. 다른 친구들로는 집안이 부유해서 물려받은 레스토랑을 경영하고 있는 서란과 중학교 물리교사인 자연이 있다. 서란은 남자에 대해서 냉소적이지만 싫어하지는 않는다. 자주 해외여행을 다니고 크루즈 유람선을 타기도 한다. 진숙의 해석에 의하면 다 돈 많은 남자를 잡으려는 수작이라는 것이지만. 대학을 갓 졸업했을 때 서란은 가난한 고학생과 깊은 관계에 빠져 가출했던 적이 있다. 한 번, 단 한 번이다. 집안의 반대로 오빠들에게 머리채를 잡혀오는 것으로 끝나기는 했지만. 서란의 부탁으로 그들이 잠시 같이 살았던 산동네의 셋방으로 속옷들을 가져다준 적이 있다. 그때 서란의 모습이 가끔 생각난다. 뭣에 붕 뜬 듯이, 그토록 비현실적인 표정, 찬물에 담가 발갛게 튼 손. 맨발에 비닐 슬리퍼를 신고 있던 모습. 아주 오래전이다.

 자연은 가난한 집 맏딸이다. 자연은 키도 작고 아름답지도 않다. 진숙처럼 애교도 없고 서란의 도도함이나 미라의 여유도 갖지 못했다. 자연이 결혼하지 못한 것은 순전히 집안의 경제 사정 때문이라고 할 수 있다. 나는 자연에 대해서 잘 모른다. 자연은 말이 없고 특별한 사건을 일으키지 않았기 때문이다. 아니 어쩌면 그녀는 가난한 부모와 대학을 다녀야 하는 세 명의 남동생들 때문에 무슨 사건을 일으키고 싶어도 일으키지 못했을지 모른다. 아마도 자연은 우리들 중에 유일하게 아직 처녀로 남아 있는 단 한 사람일지도 모른다. 생화학 책을 펼쳤다. 글자들이 춤을 춘다. 맥주를 너무 많이 마셨나 보다. 글자들 위로 또다시 글자들이 겹쳐졌다.

  독신녀는 무엇으로 사는가.

13
길, 집으로 찾아오다

  일요일 아침은 간단하게 먹었다. 토스트와 커피다. 점심도 토스트와 커피. 저녁은 좀 다르게 커피와 토스트로 했다. 왜 그랬냐고? 물론 생화학 공부에 집중하기 위해서다. 전화기 코드도 빼놓았고 핸드폰은 꺼놓았다. 그 동안 시험 범위를 한 번 다 정독할 수 있었다. 아주 기분이 좋았다. 식욕에 정신이 팔리면 공부에 집중할 수가 없다. 금요일까지 퀴즈를 풀어보고 한 번 정도 더 정독할 수 있다면 결과는 좋을 것이다. 다른 아이들은 나보다 공부할 시간도 많고 나는 회사 때문에 어쩔 수 없이 수업에 빠진 적도 있다. 꼭 A학점을 받고 싶다. 미라는 내가 편입하겠다고 하자 이렇게 충고했다.

애, 유경아. 공부하는 것도 좋지만 이제는 영양크림 사는 데도 돈을 아끼면 안 되는 거야. 그것도 공부만큼이나 중요해.

바보같이. 영양크림이 얼마나 비싼데. 그러나 나는 어느새 거울을 열심히 들여다보고 있었다. 세상에! 자세히 들여다보니 정말 주름이 눈에 띄었다. 정말 이상하다. 어제까지만 해도 없었는데. 서란은 공부할 돈이 있으면 옷에도 좀 투자하라고 충고했다. 매일 청바지나 입고 다니면 아줌마처럼 보인다는 것이다. 아줌마처럼 보이면 어때, 난 내 갈 길을 갈 뿐이야. 이렇게 어깨를 펴고 의지를 다졌지만 어느 날 지하철에서 한 꼬마가 아줌마, 하고 불렀을 때 정말 너무나 기분이 나빴다.

나는 머리를 흔들었다. 그런 생각들을 하면 안 돼, 수의사 자격시험에 붙을 때까지는 다른 생각은 하지 않는 거야. 나는 아프리카로 간다! 아무래도 참을 수 없다. 이런 기분이라면 담배를 딱 한 대만 피우고 싶다. 참을 수 없다. 나는 오늘 하루 집 밖으로는 한 발짝도 나가지 않기로 한 맹세를 깨고 담배를 사러 나갔다. 겨우 요 앞 편의점인데 뭐 어때. 담배를 사가지고 집으로 돌아오는데 집 앞에 검은 차 한 대가 서 있었다. 지나쳐서 집으로 들어가던 나는 갑자기 생각이 나서 돌아보았다. 검은 차는 유리가 검고 진하게 선팅되어 있어서 안이 들여다보이지 않았다. 자동차 뒷부분의 금빛 십자가 장식, 유난히 반짝거리는 차체, 1996년도식 모리스였다. 이건 길의 차다. 길은 어디로 간 것일까. 언제부터 여기에 세워두었던 것일까. 나는 발걸음이 얼어붙어버렸다. 나는 길이 싫지는 않다. 그러나 다른 특별한 감정은 아무것도 없다. 그러나 길도 제발 그래주기 바란다. 회사에서 그가 나에게 잘해주는 것은 나쁘지 않다. 그러나 이런 식은 내가 원하는 것이 아니다. 나는 바쁘고 시간이 없다. 수의사 자격시험을 앞에 두고 뭔가 다른 일을 시작한다는 것은 바보짓이다. 게다가 나는 길과의 관계가 일방적인 소모전이 될 것임을 잘 알고 있다. 내가 이런 생각에 잠겨 있을 때 길이 뒤쪽에서 불쑥 다가왔다.

"잘 있었나? 집에 있었군. 전화도 받지 않길래 없는 줄 알았어. 혹시 가까운 곳에 나갔나 해서 십 분만 더 기다리다가 가려고 했지."

"언제부터 있었어요?"

"뭐 얼마 안 돼. 한 삼십 분쯤."

"일요일인데 용케 나오셨네요."

"사우나를 갔다가 사무실에 잠깐 들렀지."

그리고 길은 덧붙였다.

"네 생각이 나더군. 커피 한잔 마실 수 있겠지?"

나는 속으로 한숨을 쉬고 길을 집 안으로 들어오게 했다. 정말 이건 곤란해, 하는 생각이 가득했지만 길은 회사의 부원장이다. 커피 한잔 달라는데 안 줄 수 없는 것이다. 그래도 내 집에 찾아온 손님이 아닌가.
　그러지 말아, 유경. 내숭은 역겨워. 나는 마음속으로 중얼거렸다. 넌 한때 길을 멋있는 남자라고 생각한 것은 사실이야. 그렇지? 길은 너보다 나이는 많지만 유능하고 젠틀한 사람이야. 게다가 큰 조직의 부원장이기도 하지. 자기 자신에게 좀더 솔직해봐. 너에게 허영심이 없다고 자신할 수 있어? 그런데 뭐가 문제지? 뭐에 대해서 솔직한 것이 겁나는 거지? 어쩌면 먼저 관심을 보인 것은 길이 아니라 바로 너야. 그런데 이제 와서 왜 뒤를 보이고 도망가려 하는 건지 모르겠어.
　길은 책상에 펼쳐진 생화학 교재와 노트를 보고 미소 지었다. 나는 길에게 커피를 끓여주고 나는 이미 세 잔이나 마셨으니 에비앙 생수를 마셨다. 길은 소파에 앉았다. 잠시 침묵이 흘렀다. 길은 내 방이 처음이 아니었다.

14
도대체 뭐가 문제지?

 난 술을 마시고 남자와 잠자리에 드는 것을 좋아하는 편이다. 지나치게 취한 것은 싫지만 적당히 취한 것은 머릿속에서 쓸데없는 생각을 몰아내준다. 그러나 경우에 따라 다르다. 어떨 때는 맨정신일 때가 더 좋았던 적도 있다. 정신을 잃을 정도로 취했던 적도 몇 번은 있다. 그리고 그것은 대개 실수였다. 내가 먼저 길에게 관심을 보인 것은 맞다. 길은 잘생기고 유능하고 똑똑했으니 당연한 일이다. 회사에서는 길에게 관심을 가지는 여자들이 더 있을지도 몰랐다. 그리고 길이 데이트를 신청한 여자도 내가 처음은 아닐 것이다. 길은 그런 제약이 없는 남녀관계를 즐긴다고 분명히 나에게 말했던 것이다. 어쨌든 한 달쯤 전 길은 나에게 저녁때 술 한잔 같이 하자고 말을 걸었다. 그날도 장길수 씨는 출장 중이었다. 그래서 내가 결재 서류를 들고 길에게 간 것이다. 전자결재를 올렸지만 그것은 설명이 필요한 일이었기 때문이다. 길과 가까이서 얘기해보기는 그것이 처음이었다. 길은 아웃소싱으로 외부에서 채용된 전문 경영자였다. 그래서 최고 경영자급으로는 나이도 비교적 젊고 외국 생활을 했기 때문에 여느 나이 든 상사들과는 다르게 느껴졌다. 길은 일에 대해서 성급하지도 않았고 뻐기는 태도도 없었다. 내 설명을 진지하게 듣고 재촉하거나 말을 막지도 않았다. 그리고 장길수 씨의 일까지 잘해놓은 것에 대해서 칭찬했다. 그래서 난 잠시 으쓱해졌다. 그리고 일을 마친 뒤 일어서는 나에게 길이 물었다.

"저녁, 어때요? 회사 일에 대해서 유경 씨에게 더 묻고 싶은 것이 많은데요."

"저녁 식사 말인가요?"

"그렇죠. 클럽 스시 알고 있나요? 얼마 전 대학 동창들과 그곳에 갔는데 맛이 좋더군요."

"좋아요. 저도 초밥 좋아해요."

길의 말투는 심상했고 승낙하는 내 말투도 아주 심상했다.

도무지 특별할 것이 무엇이란 말인가. 회사 동료들 간의 데이트는 특별한 것이 아니었다. 물론 부원장이 그 상대가 되는 경우는 좀 특별했지만 말이다. 처음 데이트할 때 잠자리로 가는 경우는 거의 없는 편이다. 내 경우는 말이다. 그런데 길의 경우는 그게 아닌 모양이었다. 클럽 스시를 나온 다음 터번스 할리데이에 가서 맥주와 칵테일을 마신 것은 기억난다. 마지막에 간 곳은 르네상스 호텔 바였다. 그날 나는 취했고 우리는 호텔 바에서 이런저런 얘기들을 나누었다. 주로 회사에 관한 것이었다. 나는 친구들에 관한 얘기도 떠들어댔고 길은 자신의 미국 유학 중에 있었던 일들을 말해주었다. 솔직히 별로 재미있는 얘기는 아니었기에 하나도 기억나는 것은 없다. 길이 부원장으로 임명되어 온 지 반년이나 지났지만 단둘이 이렇게 만날 일이란 없었다. 그것이 당연하다. 나는 길의 비서도 아니고 일 관계로 매일 얼굴을 마주쳐야 하는 자리에 있는 것도 아니다. 인연이라고 한다면 길이 이곳에 처음 출근하는 날, 우리는 지하철에서 얼굴을 마주친 적이 있는 것이다. 그게 전부였다. 그날 눈이 왔기 때문에 나는 차를 가져가지 않고 지하철을 타고 출근하리라 마음먹었다. 꽤 이른 아침이라 지하철은 붐비지는 않았다. 맞은편에 앉은 남자가 나를 유심히 쳐다보고 있는 것이 느껴졌다. 버버리를 입고 있었다. 피부는 탄력이 있었지만 듬성듬성 흰머리가 보였다. 사십대 중반쯤 되어 보이는 남자였다. 내가 문고판이라도 읽기 위해서 가방에서 책을 꺼내다가 공교롭게도 립스틱이 도르르 굴러가서 맞은편 남자의 발아래 딱 멈추었다. 나는 황급히 자리에서 일어나 맞은편 남자의 구두 사이에 있는 립스틱을 집었다. 남자가 엉거주춤하게 다리를 벌렸다. 문득 내가 고개를 들어 쳐다보다가 나를 내려다보는 남자의 눈길과 마주쳐버린 것이다.

그게 길이었다. 그날 아침 새로운 부원장으로 소개되는 길의 모습에 나는 뜨끔하니 놀랐다. 그런 일이 있었다고 해서 길과 나 사이에 뭔가 특별한 것이라도 있는 듯이 생각하는 그런 환상병 환자는 분명 아니었지만 말이다. 하여튼 길과 나는 술을 마시고 좀 취했다. 그리고 길은 나를 집으로 데려다 주겠다고 했다. 집 앞까지 오자 길은 들어가서 커피 한 잔을 마시고 술을 좀 깨고 싶다고 말했고 방에 들어가서 커피를 마시자 너무 답답하니 넥타이를 좀 풀고 싶다고 말했다. 그리고 아마 우리는 맥주를 더 마신 것 같았다. 한마디로 나는 멍청했다. 그런 상투적인 수작에 넘어가다니 말이다. 그러나 길이 처음부터 계획적이었는지는 확신할 수는 없다. 그리고 같이 술을 마시다 보면 같이 잠잘 수도 있는 일이다. 길이 폭력을 쓰거나 강제로 한 것은 분명히 아니니 말이다. 반드시 남자에게만 책임을 뒤집어씌우려는 생각은 없다. 단, 거기서 끝나야 한다.

그러나 나를 혼란스럽게 하는 것은 내가 그런 상투적인 수작으로 접근하는 길에게 끌린다는 점이다. 우울한 일이다. 그 일이 있은 이후 길은 나에게 애인이 되어줄 것을 요구했다. 머리와 이성은 그런 길의 속이 빤히 들여다보이는 유혹을 무시하라고 충고하지만 여자로서의 감성은(아직 나에게 이런 것이 남아 있다는 것을 인정하는 것은 괴롭지만) 뭐 어때, 어차피 남녀관계란 다 그런 것이 아냐? 길은 사기꾼도 아니고 가짜 운동권도 아니고 수상쩍은 인물도 아닌데 잠깐 좀 즐긴다고 해서 뭐가 나빠. 너도 설마 만나는 모든 남자에게서 환상을 품는 진숙이나, 만나는 모든 남자를 결혼이라는 저울로 재보는 미라 같은 타입은 아니겠지? 영화에 나오는 것처럼 근사하고 운명적인 관계가 이 세상에 존재한다고 믿을 만큼 너, 철이 없지는 않겠지? 그렇다면 이봐 유경, 도대체 길이 뭐가 문제지?

"이봐 자네, 도대체 뭐가 문제지?"

처음으로 침묵을 깬 것은 길이었다.

"마치 우리가 서로 만나면 안 되는 그런 사이처럼 표정을 굳히고 있을 이유가 없을 텐데."

"부원장님과 전 어쨌든 사적인 관계는 아니니까요."

"아, 그 얘기군."

길은 고개를 반쯤 숙이고 웃었다. 그리고 오른손으로 머리를 쓰다듬었는데 짧게 깎은 머리 모양이 보기 좋았다.

"결국은 회사 동료라서 안 된다는 건가?"

"그건 아녜요."

나는 부정했다. 그러나 자신은 없었다.

"그러면 내가 결혼한 몸이라서 안 된다는 건가? 설마."

"그것도 아녜요."

"그렇지. 유경, 자네의 인생관이 그렇게 촌스럽고 고리타분하지는 않을 거라고 이미 알고 있었네."

길은 힘든 고비를 넘겼다는 듯이 만족한 미소를 지었다.

15
드러난 커플, 숨겨진 커플

회사에서는 많은 사내 커플이 있다. 드러난 커플도 있지만 숨겨진 커플이 더 많을 것이다. 드러난 커플은 결혼했거나 아니면 약혼했거나 아니면 조만간 그럴 예정으로 있는 사람들이다. 숨겨진 커플은 아직 자신들의 관계가 어떤 방향으로 발전할지 모르는 경우가 대부분이다. 그래서 공개하기를 꺼리는 것이다. 잠깐 동안 즐기다가 헤어질 수도 있고 서로 상대편에게 싫증날 수도 있다. 둘 중의 한 사람, 혹은 두 사람 다 이미 독신이 아닌 경우도 있다. 내가 근무하는 회사는 기혼 여사원이라고 해서 해고된다거나 사내 커플이라고 해서 불이익을 당하는 예가 공식적으로는 없으니 대충 이런 이유로 연애를 숨길 것이다. 요는 이 세상 모든 원칙의 문제가 그렇듯이 결국 결혼하느냐 하지 않느냐의 문제인 것이다. 그런 구도에 맞춰본다면 나는 길과의 관계를 끝까지 숨겨야 하는 것이 상식이다. 한때 진숙이 유부남과 사랑에 빠졌다고 떠들어댈 때 나는 속으로 얼마나 진숙을 경멸했는가. 일단 남자와 사랑에 빠졌다고 떠들어대는 여자들 중에 경멸스럽지 않은 여자는 없지만 진숙의 경우는 그것이 정말 심했다. 마치 자기들이 세기의 로맨스의 주인공이나 된 듯, 세기말의 연애 어쩌구 하면서 친구들에게 자랑했다. 진숙은 그 연애 사건을 소재로 소설을 쓰려고까지 생각하고 있었다. 말하자면 그건 운명이라는 것이다. 한때 문학 소녀였던 진숙이니까 그 연애가 좀더 오래갔다면 정말 또 한 편의 불륜 드라마가 탄생했을지도 모른다. 진숙이 그 연애 사건을 소설로 쓰기를 포기한 것은 세기말적 비극답지 않게 통속적이고 옹졸하게 끝나버렸기 때문이다. 자신의 연애가 그런 식으로 끝났다는 것을 사람들에게 알리기에 너무 자존심이 상했을 테니까. 적어도 남자나 여자가 피서지의 별장에서 자살한다거나, 한여름 폭우 속의 죽음이라든지, 가슴 찢어지는 별리라든지 뭐 그런 것이 마지막을 장식해주어야 하는데 말이다. 진숙의 연애 사건을 지켜본 친구들의 반응은 다양했다.

어차피 결혼하지도 못할 사람에게 뭐 그런 정성을 쏟으냐는 미라의 말. 유부남이 미혼녀와 바람을 피우는 것은 사십대 사춘기 증상이므로 적당한 선에서 감정 정리를 해야 한다는 서란의 이성적인 평가. 그리고 서란은 덧붙였다.

"얘 진숙아, 그 남자도 너를 지금 너가 미쳐 있는 것처럼 생각해주고 있어? 일방적인 애정은 폭력이야."

자연은 "결혼한 남자와 같이 잤단 말이야, 진숙이 네가?" 하며 눈을 크게 뜨고 놀랐다. 그리고 허무한 표정을 지었다.

"아, 그 남자는 아주 나쁜 남자인가 봐. 부인과 가족 생각도 해야지."

언제나 그렇듯이 자연은 아주 분위기를 썰렁하게 만드는 선수였다. 자연이 어쩌다 한마디씩 코멘트를 하면 진숙까지도 입을 다물고 만다. 나? 나로 말하자면 너무나 한심해서 말이 나오지 않았지만 어차피 길어야 일, 이 년일 텐데. 그러고 나면 정신 차리고 좀 크겠지, 하고 생각했다.

그렇다면 내가 길과 이제 시작한다면 그것은 진숙의 경우와 같은 케이스가 될 것이다. 물론 나는 길에게 빠져 있지도 않고 비극적인 사랑을 미화하려는 의도 같은 것은 추호도 없지만 결과적으로만 본다면 같을 것이다. 자기 자신을 객관화

시켜 볼 수 있는 기회를 준 진숙에게 감사하며 나는 길을 거절했다.

"미안하지만 그날은 저도 술이 취해서, 전혀 의도하지 않은 행동이었어요. 부원장님, 그러니 그 일은 없던 것으로 해두시고 이제 잊어버렸으면 해요. 이런 식으로 집으로 찾아오시거나 하지도 마세요."

길은 담배에 불을 붙이고 있다가 흠칫 놀라서 나를 보았다. 감히 자기 자신을 거절할 여자가 있으리라고는 상상도 못해본 표정이었다.

"아니, 유경. 그 말은 나를 거절한다는 뜻인가?"

"네, 맞아요."

"전혀 고려의 여지가 없나?"

"네."

"그렇다면 그날 밤의 그 행동은 다 무엇이었지?"

자존심이 상처 입은 길은 화를 냈다.

"너도 나를 좋아한다고 생각했어. 분명히. 이 내가 그런 놈으로 보이나? 아무 여자나 술만 마시면 껴안고 뒹구는 그런? 사람 잘못 봤어. 절대 아니야. 내 감정은 다 뭐가 되나? 유경, 너의 행동은 나를 희롱하고 있는 것으로밖에 해석할 수가 없어."

"부원장님 그건, 그건 오해였어요."

"오해라고? 난 그 말을 받아들일 수가 없어. 넌 지금 내가 결혼했기 때문에 공정하게 대해주지 않는 거야. 왜 나에게 기회조차 안 주는 거지? 그것은 부당한 일이야. 비합리적이라구. 내가 너에게 그렇게 부족한가? 내가 너에게 해가 되는 인물인가? 유경, 나는 너를 좋아해. 처음 지하철에서 만났을 때부터 그랬어. 회사 밖에서 이렇게 너를 만나고 싶어. 네가 싫다면 아무것도 강요하지 않을게. 만일 다른 남자가 생긴다면 그때 떠나도 좋아. 막지 않을 거야. 그러니 나에게 기회를 줘. 난 이미 결혼했지만 그 이외의 모든 것은 너에게 줄 수 있어. 그러니."

길은 사자처럼 흥분했다. 나는 어리둥절해졌다. 이런 대사는 예상하지 못했다.

16
길이 나를 묻다

"나도 처음이야, 이런 기분."

이런 한심한 말을 하는 길의 표정이 멋있게 보인다고 느꼈다면, 죽어도 인정하기 싫은 일이지만 나는 길을 좋아하고 있는 것일까? 알 수가 없다. 누구를 좋아한다거나 연애를 꿈꾼다거나 남자에게 교태를 부린다거나 하는 일은 나에게는 정말이지 생각할 가치도 없는 일이었다. 그런데 길이라는 한 남자 때문에 내가 유치한 줄 알면서도 텔레비전 연속극 앞을 떠나지 못하는 그런 바보 같은 입장이 되어버린다면 곤란하다.

"그날 밤 우리는 즐거웠잖아, 그렇지?"

그날 밤 길이 구체적으로 어땠는가 자세히는 기억나지 않는다. 하지만 남자와 여자가 같이 한 번 정도 섹스했다고 해서 더 이상 무슨 일이 일어날 수 있단 말인가. 나는 고개를 흔들었다. 만일 길의 마음이 진심이라면 미안하지만 나는 두 가지 일을 해야 하는 사람이다. 직장에도 다녀야 하고 수의사 공부도 해야 한다. 두 가지 다 절대 놓치고 싶지 않다. 길과의 연애가 달콤하기는 하겠지만 내 인생과 바꿀 수는 없다. 난 계획을 세웠었다. 정식 수의사가 되기 전에는 어떤 종류라도 남자와의 지속적인 관계, 즉 연애는 인생에서 완벽하게 배재시켰다. 시간 때문이다.

"부원장님은 어땠는지 몰라도 저는 이미 그 일을 다 잊었어요. 그러니 앞으로는 이런 식으로 찾아오거나 하지 마세요."

나는 독하게 마음먹고 또박또박 말하려고 애썼다.

"역시, 유경은 내가 결혼했다고 해서 신경 쓰는 것이 분명해."

길의 표정이 일그러졌다.

"그런 것이 아니라니까요."

"그렇다면 뭐지? 다른 이유가 없잖아. 유경, 너도 대개의 여자들처럼 돈 많은 남자를 물어서 결혼하는 것이 목표인가? 지성이나 캐리어나 패션 센스는 단지 그것을 위한 수단이고?

난 널 그렇게 보지 않았어."

 "그렇지는 않아요. 그것은 말도 안 되는 헛소리예요. 모함이기도 해요."

 "그렇다면 너는 겉 다르고 속이 다른 위선자에 이중인격자에 불과해. 그날 우리가 단지 섹스만 했다고 생각하나? 난 살가죽만 비비고 돌아간 것이 아니라구. 바에서 우리가 나누었던 그 많은 대화들을 생각해봐. 사르트르와 보부아르, 윤심덕과 나혜석의 비극, 영원한 자유와 지성의 굴레, 여자로서의 삶의 의미들! 그 많은 것을 내 앞에 퍼부어놓고 너는 마침내 울었어! 나는 너의 고통의 동반자가 되어줄 수 있다고 대답했지. 그런 일이 있고 나서 그리고 우리는 마침내 같이 잤어. 그런데 지금 와서 날 그렇게 강간범이나 치한 정도로 취급하는 표정을 지을 수가 있냔 말이야!"

 난 얼굴이 확 달아오르는 것을 느꼈다. 그날 뭔가 길과 오랜 시간 동안 이야기를 나누었던 것은 기억나지만 자세한 내용은 전혀 기억나지 않는다. 내가 그런 말을! 그것도 사석에서는 거의 초면이나 다름없는 길에게! 오, 기억나지 않는다. 만일 정말로 그랬다면 그것은 길이 잘생기고 고급 양복을 품위 있게 입고 있으며 대화 매너가 뛰어나고 지성적인 대화 상대여서 그랬을 것이다. 맹세코 그것뿐이다. 내가 기억나는 것은 길이 잠자리 상대로서도 꽤 괜찮은 몸을 가지고 있었다는 점이다. 사십대 중반이라는 것이 의심이 갈 정도다. 그것은 기억이 난다. 하지만 다른 것은 모르겠다. 길이 생각하는 것처럼 길이 유부남이기 때문에 관계를 유지하기 싫어하는 것은 아니다. 나는 연애를 원하는 것이 아니기 때문이다. 그런데 길은 믿으려고 하지 않는다.

"이래도 안 되겠나, 유경?"

"난, 지금 시간이 없어요. 밤에는 학원에 다니고 있어요. 프랑스어 회화죠. 시간이 없어요."

수의사 공부를 하고 있다는 것을 굳이 길에게 밝히기는 싫었다.

"난 일 주일이나 이 주일에 한 번 저녁을 같이 먹고 섹스를 하는 것으로 족해. 더 이상은 요구하지 않아. 그 정도라면 프랑스어 공부하는 데 방해가 되지 않으리라고 생각해. 내가 아무 여자에게나 이럴 거라고 생각한다면 오해야. 난 지적이고 섹시하면서 매력 있고 남자들에게 구애받지 않고 자기 길을 가는 그런 여자가 좋아. 거기다가 프랑스어 공부를 하는 여자라면 더 좋지."

"회사 내에서 이런 문제를 일으키기는 싫어요."

나는 마침내 길이 납득할 만한 이유를 댄다.

"당연하지. 회사에서 너를 귀찮게 하지는 않을 거야. 우리는 단지 사적인 관계일 뿐이니 사적인 상태로만 만나면 되는 거지. 그 이외의 것은 변하는 것이 아무것도 없지. 그게 지성인의 태도 아닌가?"

길은 마침내 담배에 불을 피워 물고 불이 붙은 담배를 나에게 하나 권했다. 마치 그가 하고 싶었던 얘기를 내가 대신해서 해준 듯하다. 미칠 듯한 욕구가 밀려왔다. 도저히 거절할 수가 없다. 사실은 아까부터 담배가 피우고 싶었던 것이 아닌가.

나는 길의 담배를 받았다. 담배 끝에 길의 침이 조금 묻어 있었다. 공기 중에서 빠르게 식어 차갑고도 달콤하다. 이상하다. 그것이 싫지가 않았다. 내가 우유부단한 태도를 보이고 있다는 사실 때문에 나는 더 화가 났다.

남자들은 이런 경우 뭐가 물렸다고 표현한다. 그런데 나는? 이런 경우를 적절하게 설명해주는 용어가 생각나지 않았다.

17
이럴 때 친구가 필요하다

　시간이 아무리 흘러가도 월요일이 싫은 날이라는 것은 변함이 없다. 오전에 회의가 있고 오후에도 회의가 있고 전화벨은 평소보다 열 배는 더 많이 울리고 출근하는 길은 백배는 더 많이 막힌다. 하지만 마음속에 우중충한 폭풍이 불고 있었다. 이제 다시는 길을 만나지 말아야 한다는 생각, 그 생각을 어떻게 행동으로 관철시키느냐 하는 것 때문에 복잡했다. 내가 안 된다고 하면 길은 화를 내며 그 이유를 물었다. 그 정확한 이유를 나도 자신 있게 말할 수가 없다. 그러나 어렴풋한 육감으로는 짐작한다. 길이 유부남이어서도 아니고 같은 직장의 상사여서도 아니다. 나는 그런 이유에 약해지는 편은 아니다. 그러면 뭔가? 길과 같이 잠자기가 싫어서? 의외로 여자들에게는 이상하게 죽어도 살갗이 닿기 싫은 남자들의 타입이 있는 것은 사실이니까. 그런데 맙소사, 분명 그것도 아니다. 나도 결국 즐기지 않았는가. 뭔지 모르지만 길과의 관계는 나를 불편하게 하는 요소가 있는 것이다. 길의 지나친 능숙함, 인습에 얽매이지 않으려는 나의 태도를 이용하려는 듯한 느낌, 서두르는 듯이 관계를 진전시키려는 태도 모든 것에 신뢰감이 가지 않는다. 그렇다고 해서 뾰족하게 불평할 수 있는 단점이 있지도 않다.

아, 복잡해. 내가 어쩌다가 이 지경이 되었을까.

머릿속이 어지러우니 일에서 실수를 저지르고 말았다. 월말 회계 보고를 불러주는데 두 군데나 실수한 것이다. 이런 초보적인 실수는 내 사전에 없는 일이었기에 나는 더욱 당황했다. 일을 빨리 끝내고 집으로 돌아가 생화학 퀴즈 문제를 풀어야 했다. 주차장을 빠져나오는데 96년도식 모리스가 내 차 앞을 가로막았다. 차창 사이로 길의 얼굴이 언뜻 보였다. 여전히 잘생기고 자신만만한 얼굴이다. 나를 향해서 미소를 짓고 있다. 한국이란 사회에서 아직까지는 잘나가는 인물. 인생의 쉬운 길을 따라 굳은살 없는 행로를 살아온 인물.

갑자기 밉살스러워졌다. 나는 외면하고 차를 몰았다. 만일 길이 나와의 관계에 싫증이 난다거나 내가 이미 정복된 산이라는 생각이 들어 흥미를 잃어버린다면 하품을 두 번 한 다음에 금방이라도 다른 먹이를 찾아 나설 준비가 된 그런 얼굴이었다. 나는 서른세 살이고 그것은 길과 같은 종류의 남자를 한 다스도 넘게 알고 있고 그리고 그중의 반 이상과 잠자리를 같이 해봤다는 것을 뜻한다. 그 말은 곧 나는 내 인생의 실수를 이제 더 이상 실수라는 이유로 변명할 수는 없다는 뜻이다. 단순히 모험을 즐기기 위해서 한번 부딪쳐본 일이라 해도 변명이 되지 않는다. 나는 이미 저 마지막 결말까지 잘 알고 있는 일에 빠져들지도 모르는 것이다. 그런 것은 '모험'이라고 부를 수는 없다. 결과는 단 하나 '시간 낭비'다. 그리고 나는 아마 나 자신이 무척 싫어질 것이다. 그렇다면 아주 심플한 섹스 파트너? 아니다. 길은 그런 상대가 되기에는 지나치게 비중이 무거운 존재다. 그는 모욕당하거나 가볍게 다루어지거나 소외되거나 하찮게 취급되는 일에 익숙하지 않은 인생을 살아왔다. 그는 나를 조롱하든지 아니면 나에게 너무 많은 것을 요구하게 될 그런 사람이다. 그러므로 위험하다.

 이상하게도 그때 내 머릿속에는 아주 잠시 2PAC의 얼굴이 떠올랐다가 사라졌다. 이어폰을 머리에 쓰고 아스팔트길을 마구 달려가는 남자아이. 같은 세상에 살고 있어도 그가 인식하는 세계와 나의 그것은 많이 다를 것이다. 내가 만일 길에게 열중한다면 길은 나를 조롱하고 잠시의 바람기를 달랜 다음 또 다른 여자에게 떠날 것이 분명했다. 나는 화가 치밀어 올랐다. 그렇게 되는 것은 싫다. 내 자존심도 분노할 것이다. 그러나 만일 그렇게 되더라도 나는 아무런 항의를 할 수 없을 것이다. 길은 아마 말할걸. 유경, 너 그렇게 촌스러운 여자였나? 하고. 넌 자유주의자가 아니었나? 아니면 아아, 유경. 우리는 어차피 이루어지지 못할 관계였어. 알고 있지? 하고 한숨을 쉬면서 말할 것이다.

또다시 길이 집으로 찾아온다거나 하면 어떻게 하나. 같은 직장에서 얼굴을 마주할 사람으로서 감정을 상하게 할 정도로 심하게 거절하기는 어려웠다. 그래, 결정적인 문제는 또 거기에 있었다. 내가 처음에 자발적으로 길과 같이 관계를 가진 것은 사실이기에 길을 공개적으로 망신 줄 수도 없었다.

내가 생각한 것은 미라와 금성이었다. 그들이라면 비교적 이성적으로 내 고민을 들어주고 충고해주지 않을까. 비교적 가까이 살고 있는 것은 미라였다. 미라가 일하는 백화점이 내가 살고 있는 집 근처에 있었다.

"저녁을 먹으러 오라고?"

미라는 아직도 퇴근 전이었다. 디스플레이 교체 작업 중이라고 했다.

"아냐, 일은 끝났어. 저녁은 간단하게 차와 크래커로 때우려고 했어. 어차피 너희 집에 가도 근사한 것은 기대하기 어렵잖니. 그런데 무슨 일인데 집으로 오라는 거니?"

"뭔가 할 말이 있어. 도움을 좀 청하고 싶기도 하고."

"뭐, 지금 도움을 청한다고? 나에게?"

미라는 의외라는 듯이 크게 웃었다.

"천하의 유경이 나에게 도움을 다 청하다니 불안해진다. 왜, 너 유부남과 사랑에 빠진 거야?"

그렇게 말하고 미라는 더 크게 웃었다. 나는 머리카락이 곤두서는 혐오감과 허탈감을 동시에 느꼈다. 결국은 그렇고 그런 문제인 것이다.

"하여튼 좀 얘기하고 싶어."

내 목소리는 힘이 없었다. 미라는 정색을 하고 말했다.

"미안해. 비웃은 것은 아니고 그냥 농담이었어. 왜 진숙이가 언제나 전화해서 그랬거든. 미라야, 넌 나의 가장 친한 친구야. 내 말을 좀 들어줘. 오늘 밤은 얘기할 상대가 필요해, 그러면서. 그 심각한 말투에 놀라서 달려가보면 언제나 그렇고 그런 얘기니까. 하지만 너와 진숙이는 분명히 다르겠지. 알고 있으니까 마음 상하지 말아."

　미라의 말은 나를 더욱 맥 빠지게 만들었다. 미라는 집으로 오겠다고 했다. 하지만 나는 미라에게 말하고 싶었던 마음이 사라져버렸다.

18
미라의 경우

  미라는 키가 크다. 얼굴은 한창 시절의 이사벨라 로셀리니를 연상시키는 미모이다. 그리고 무척 몸매가 좋다. 나처럼 O자 다리도 아니고 어떤 옷을 입어도 스타일이 산다. 게다가 집안의 거의 모든 남자들이 ph.D.학위를 가지고 있고 대부분의 사람들이 저술가이며 저녁에는 거실 음악가이고 게다가 주말 요리사이기도 하다. 문화적 상류층이라는 것이 존재한다면 그것은 아마도 미라와 같은 집안을 말하는 것이리라. 학교 다닐 때는 과연 미라 같은 여자에게도 고민이 있을까 하는 생각을 해본 적이 있다. 품위가 있다. 그럴 만한 친구다. 바보같이 남자에게 질질 끌려 다닌다거나 술을 마시고 얼떨결에 원하지 않는 남자와 관계를 가지고 뒷수습에 고민하는 그런 일 따위는 절대로 할 일이 없는 듯이 보인다.

"자."

미라는 신발을 벗자마자 핸드백을 소파에 내려놓지도 않은 채 말했다.

"내가 왔으니, 이제 말해봐."

"뭐 별로."

나는 우물쭈물했다.

"아니, 지금 백화점 일이 얼마나 바쁜데, 다 내일로 미루고 번개처럼 달려와주었더니 뭐 별로라고? 너 지금 농담하는 거니?"

"마음이 한참 무거웠는데 역시 말하지 않기로 했어. 대신 너에게 저녁을 차려줄게."

미라는 방 한가운데에 서서 멍하니 나를 보기만 했다. 무슨 말부터 해야 나에게 상처가 될까 궁리하는 중이라는 것이 느껴졌다. 나는 선수를 쳤다.

"사실은 이모가 남자를 소개시켜주었어. 이번이 마지막 기회라고 하면서."

"그래서?"

미라의 표정이 풀렸다.

"그런데 거절했어."

"보지도 않고?"

"응, 보지도 않고."

"아하, 그래서 마음이 심란했군."

미라는 이해한다는 듯이 고개를 끄덕이고 내 곁에 와서 앉았다. 마지막 기회, 이 말에 누가 마음이 심란해지지 않을까. 나는 착한 미라를 속이고 있다는 생각에 마음이 무거웠지만 개의치 않기로 했다. 그리고 이 말은 완전한 거짓이 아니다. 몇 년 전에 이모는 정말로 그 말을 하면서 나에게 선을 볼 것을 종용한 적이 있었다. 물론 나는 보지도 않고 거절했었다.

"이해해. 그리고 저녁을 차리려고 하지 마. 나는 차와 크래커만으로 충분하니까. 그 남자가 어떤 남잔지 알아보지도 않고 거절했단 말이지? 너다워. 넌 언제나 그렇잖아. 한번 결정한 일에 미련이 없지. 너를 언제나 심플하다고 생각해왔어. 그리고 사실 다른 사람들의 의견 같은 것은 별로 궁금해하지 않는 편이잖아. 네 생각에 단호하고 망설이는 편도 아니지. 그런데 갑자기 의논할 것이 있다고 도와달라고 하니 난 좀 당황했었어."

"그다지 심각한 것은 아니었어. 그냥 좀 대화가 하고 싶었던 것뿐이야."

"사실은 유경, 나도 그래."

미라가 심각한 표정을 지었다.

"서른세 살이란 일종의 고비가 되는 나이라고 생각해. 더 이상의 후퇴는 없다, 이런 뜻이지. 결혼을 유보하기에는."

"그렇게 심각하다니 너답지 않아, 미라."

"삼성이 어제 최후통첩을 해왔어."

삼성이란 아직까지 남아 있는 미라의 추종자들 중의 한 사람으로 미라의 가장 오랜 연인이기도 하고 미라가 가장 마음을 의지하고 있는 남자친구다. 미라는 주변의 남자들을 본명으로 부르지 않고 사회적 지위와 관련된 닉네임으로 즐겨 불렀다. 근무하고 있는 기업체의 이름을 따서 삼성이나 메디슨, 차병원이나 (법률)구조공단 등이다.

"최후통첩이라니, 뭐라고?"

"가을에 결혼하지 못한다면 다른 여자와 맞선을 볼 수밖에 없다고."

"그래 너 생각은 어때?"

"유경, 내가 삼성과 결혼하려면 벌써 십 년 전에 했지. 이미 난 그에게서 아무런 감흥이 없는걸. 남자로서는 말이야."

"미라 네가 언제 남자에게 감흥이란 걸 바라고 있었니?"

"어쨌든, 그는 너무 별 볼일 없다는 뜻이야. 뭐야, 겨우 사십대에 월급 생활자로서 인생 내리막일 것이 분명한 사람이야."

"여전하구나 너는."

나는 씁쓸하게 대꾸했다.

"조금도 특별난 것이 없는 사람이야. 친구로서는 좋지만."

"그렇다면 차 병원은? 그가 좋다고 언젠가 말했잖아."

"그는 너무 키가 작아."

미라는 얼굴을 찡그렸다. 사실 미라보다 키가 월등히 크기란 한국 남자로서는 쉬운 일은 아니다.

"그게 무드를 깨지. 그래서 별로야. 친구라면 상관이 없지만."

미라는 언제나 이런 식이다. 계속해서 말한다는 것 자체가 시간 낭비에 불과하다. 우리는 차를 마시고 크래커 봉지를 뜯었다.

"그리고 너무 결혼에 연연해하는 점도 마음에 안 들어."

미라는 계속했다.

"어제까지 마음 편한 친구에 지나지 않던 애들이 어느 날 갑자기 남자로 보일 수가 있니? 난 이해하지 못하겠어."

나는 어느새 미라의 우아한 불평을 들어주고 있었다.

19
금성의 경우

 내가 금성에게 전화한 것은 자정이 다 돼서였다. 금성이 집에 돌아오지 않았거나 방문객이 있다고 하면 금방 끊어버릴 생각이었다. 금성은 나의 사촌이기는 하지만 내 사생활을 시시콜콜 파악하고 있지는 않다. 그런 만큼 더 객관적인 판단을 내려줄 것이다. 내 친구의 경우라고 말해야지.
 "아아, 사촌."
 다행히 금성은 집에 있었다.
 "막 샤워를 끝마치고 맥주를 한 캔 한 다음에 심야 레슬링 경기를 보려고 하던 참이야. 넌 어때? 그리고 웬일이지? 언제나 바쁘고 늠름한 유경이 이 밤에 나에게 전화도 다 하고."

금성은 기분이 좋은 일이 있는지 말이 많았다.

"금성 너야말로 무슨 일이 있는 것 아니니? 좋아 보이는구나."

"일은 무슨. 사실 내일부터 출장이야. 그래서 빨리 들어왔어."

"그렇다면 일찍 나가야 하잖아. 무슨 심야 레슬링 프로를 본다고 그래?"

"잠이야 비행기 안에서 자면 되는 거고."

"데이트, 하지 않았어?"

"잠깐 저녁을 먹었어. 그녀가 나를 집까지 태워다 주더군. 귀여운 여자야."

"A를 말하는 거야, 아니면 B야?"

"글쎄, A인지 B인지 잘 기억나지 않는데."

금성은 실실 웃었다.

"잘 생각해봐, 금성. 결정한다고 말했잖아."

"그거야 출장에서 돌아와서의 일이지."

"그랬군."

"다 잘될 거야. 걱정하지 마, 사촌."

"금성, 이건 말이야, 내가 잘 아는 친구의 이야긴데……."

"뭐야, 할 얘기가 있었던 거야?"

"그래. 어른스러운 남자의 어드바이스가 필요해서."

"내가 뭐 도움이 될지 모르겠군."

금성은 소심해졌다. 그렇다. 사람들은 남의 인생에 끼어들고 싶어 하지 않는 것이다.

"그냥 단순한 어드바이스일 뿐이야. 그러니까 움츠려들 필요는 없어."

"아하, 내 말은, 그저 사촌. 내가 뭐 그럴 만한 인격자나 인생의 경험자도 아니기 때문에 영 모르는 사람의 인생사까지 챙길 만큼 그런 입장은 못 된다는 뜻이지, 뭐."

그리고 금성은 덧붙였다.

"물론 그 얘기가 사촌 너의 것이라면 물론 말은 달라지지. 내가 할 수 있는 한 도움을 주고 싶어. 자, 어때? 말하겠어?"

비열하고 이기적인 남자. 나는 속으로 욕설을 퍼부었다. 그러나 이제 절대로 말하고 싶은 생각은 사라졌다. 금성의 산뜻함 뒤에는 그런 극단의 개인주의가 자리하고 있었던 것이다. 전혀 새로운 점은 아니다. 나도 그런 점 때문에 금성이 좋았던 것도 사실이다. 그러나 지금은 아니다. 산뜻한 타인이 아무 쓸모 없을 때가 살다 보면 반드시 있다. 그러나 나는 전화기 이편에서 미소를 지었다. 그런 타인에게 화내는 것은 더 쓸모없는 짓이다. 나도 결국은 대개의 경우 그런 타인으로 비쳐졌을 것이다.

"내 친구의 이야기야, 금성. 하지만 심각한 어드바이스는 필요 없어. 네가 오버해서 받아들이는 것 같구나."

"그냥 이야기함으로써 풀어지는 거라면 얘기해도 좋아."

"으흠."

"내가 맞춰볼까? 친구라면 여자친구겠지?"

"라이트."

"그녀의 남자친구에 대한 고민일 것이고?"

"다르지 않아."

"그녀의 남자친구가 그녀에게 뭔가를 요구하고 있군."

"그렇지."

"그런데 그녀는 그 뭔가를 들어주기가 썩 내키지 않고."

"맞아."

"그렇다고 그 남자를 한마디로 외면해버리기에는 뭔가…… 아쉬움이 많겠군."

"대충은."

"이제 알겠어. 사촌, 그런 일은 이 도시에서 수백만 건이 일어나는 일이지."

금성은 자신만만하게 외쳤다.

"친구가 망설이고 있다면 지금 전화해서 말해줘. 그건 단순한 취향의 차이일 뿐이라고."

"무슨 해결책이 있다는 거야?"

"한 번쯤은 시도해보는 것도 좋지."

"그게 내키지 않아."

그리고 곧 나는 덧붙였다.

"내가 아니고 친구 말이야."

"누구라도."

금성은 여유 만만했다.

"난 처음에 사촌 네 얘기를 들었을 때 덜컥 떠오른 생각은 유부남인데 같이 자야 하나 말아야 하나 뭐 그런 촌스러운 얘기인 줄 알았지 뭐야. 그런 것은 개인이 알아서 해야지, 뭐라고 말할 수 없는 문제라구. 남의 가정 문제가 아닌가. 어떻게 참견하겠어. 난 그런 문제를 다른 사람에게 묻는 남자나 여자를 이해하지 못하겠어. 어른의 자격이 없는 거지. 그런 걸 남에게 묻는 정도라면 섹스를 할 자격도 없는 거야."

나는 입이 얼어붙은 채로 그냥 금성의 말을 듣기만 했다.

"그런데 지금 너와 얘기하다 보니 감이 잡혔어. 어때 그녀의 문제를 맞춰볼까?"

"뭐라고 생각해, 금성?"

"항문 성교, 맞지? 생각만큼 아프지는 않다고 말해줘."

20
친구는 없다

 결국 그 말이 맞았다. 친구란 존재하지 않는다. 춤추러 가거나 미장원에 갈 때는 몰라도 조금 더 진전되면 돈을 빌려주거나 병원에 같이 가주는 친구는 존재할지도 모른다. 그러나 더 이상은 아니다. 길 때문에 마음이 약해져서 바보같이 잊고 말았다. 나답지 않았다.
 잠자려고 불을 끄고 누웠는데 전화벨이 울렸다. 이 시간에 도대체 누구란 말인가. 혹시 길일까 싶어 걱정되었으나 지금은 길이 자기 집 안방 침대에서 와이프와 잠자고 있을 시간이다. 그러니 걱정하지 말자.

전화를 받으니 말썽꾸러기 진숙이었다.

"너무 늦었니, 유경? 네가 늦게 잠자리라고 생각해서 전화한 거야."

"잠들 뻔했어. 네 덕분에 깨어났지. 뭐야?"

"그냥 마음이 답답해서. 양양이 아프고 집도 정리가 안 되었고 손톱은 부러지고……. 언젠가 너에게 화낸 것이 미안해서 사과하고 싶어."

나는 머리가 아파왔다. 겨우 그 얘기였어?

"사실은 이상한 얘기를 들었거든."

역시. 뭔가 있어서 전화한 거다.

"뭔데?"

"자연이 결혼할지도 몰라. 남자가 생겼대."

"자연이?"

그거라면 이상한 얘기도 아니다. 한밤중에 전화로 이리저리 옮기며 신기해할 얘기도 아니었다. 우리는 누가 뭐래도 결혼 적령기가 훨씬 지난 한국의 여자들인 것이다. 결혼하게 되는 것은 너무 당연하다. 그런데 왜 이렇게 이상하지?

"우리가 아는 남자니? 아니, 자연인 남자친구가 없었는데."

"맞아, 그 앤 처녀야."

내가 관심을 보이자 진숙은 본격적으로 수다할 준비를

했다.

"그리고 내가 알기로도 한 달 전까지 애인은커녕 아는 남자친구도 하나 없었어. 그 애가 아는 남자라고는 학교의 몇 안 되는 늙은이 물리선생과 수위 정도가 고작일 거야. 그런데 이제 갑자기 결혼한다고 하니."

"맞선을 보았나 보지."

"자연이? 그 앤 선 같은 거 안 봐. 숙맥이라서 고개도 못 쳐들더라고 그때 서란이 말하던걸."

"그래도 때가 되었으니 갈 만도 하지. 그런데 어떤 남자래?"

"나도 서란에게서 들었어. 그래서 자세한 것은 몰라."

"자연에게 직접 물어보면 되잖아."

"그런데 서란이 모른 척하래."

"뭐? 결혼하는데 모른 척하라고?"

"그러니까 말이야. 우리들 중에서 가장 숫기 없는 자연이 가장 먼저 결혼하게 됐다는데 이렇게 침묵만 지키고 있으라니. 이상하지."

나는 짐작이 갔다. 아마 서란은 수다스러운 진숙의 참견과 질투가 자연에게 상처가 될지도 모른다고 생각해서 아예 진숙이 자연에게 연락하지 못하도록 못을 박았을 것이다. 아마 나라도 그렇게 했을 것이다. 하필이면 자연이 먼저 결혼하게 된 것에 대해서 지금 진숙은 화가 나고 호기심이 생기고 그리고 질투가 나서 아주 힘들 것이다. 결국 그 감정을 삭이려고 이리저리 다이얼을 돌리다가 나에게 전화하게 된 것이다.

"하지만 미라가 그 남자를 한 번 만나봤대."

진숙은 아직도 남은 카드가 있다는 데 힘을 얻는 것 같았다.

"서란이 소개시켜준 남잔데 키도 크고 아주 잘생긴 미남이래. 지방 대학의 강사라더군. 미라는 그 남자와 자연이 결혼한다니까 아주 놀라던데. 그가 뭘 보고 자연과 결혼할까 하고."

진숙이 배가 아픈 것도 이해가 간다. 진숙은 언제나 키 크고 잘생긴 남자에 약했다. 그런 남자라면 한 대의 펀치에 맥없이 나가떨어지곤 했다.

"둘이 잘 맞았나 보지, 뭐."

"자연이 선생이라서 그래. 여선생은 잘나가는 신붓감이니까. 자연이 지금 자기 집의 실질적인 가장인 것을 그 남자도 알까? 자연이 남동생들은 부모에게 돈을 안 준대."

진숙은 분통을 터뜨린다.

"얘, 진숙. 너무 그러지 말아. 보기 안 좋아."

"친구에게 전화해서 마음에 있는 말 한마디 정도 못 하니?"

진숙은 감정이 상한 듯했다. 나는 하품을 하고 시계를 보았다. 한시가 넘어 있었다.

"자연이 결혼한다면 그것은 좋은 일이야. 그런데 왜 자꾸 나쁜 쪽으로 생각하니?"

"유경, 나는 너를 좋아하지만 너는 왜 언제나 고상하려고만 하니? 사람이 뭔데, 감정적이 될 수도 있잖아. 왜 한 번도 그걸 받아주려 하지 않니? 나도 진심으로 자연이 싫어서 그러는 게 아니라는 거 잘 알잖아."

진숙이 소리 질렀다.

"유경, 너는 똑똑해서 그래, 한 번도 실수 안 하고 사니?"

"미안해."

자연이 결혼한다니 진숙은 질투하고, 내가 고민이 있다니 금성은 남의 일에 개입하기 싫어하고, 미라는 자기 자신의 우아함에 갇혀 친구의 진심을 보지 못하고, 나는 진숙에 대한 선입견 때문에 진숙이 하는 모든 말들을 평가 절하한다. 결국 친구는 없다. 친구라는 관계의 형태뿐이다

21
가족에 대한 중간 평가

내 오빠라는 작자가 어느 날 이렇게 말했다.

"내 동생이지만 유경이 넌 참 독특해. 그런데 세상의 여자에게는 두 가지 부류가 있다. 하나는 예쁜 여자고 다른 하나는 독특한 여자지."

그리고 낄낄 웃었다. 그는 순전히 여자의 힘으로 먹고 자고 자라고 비싼 등록금을 내는 학교에 다니고 공부를 했건만 그가 아는 것이라고는 여자를 냉소하면 좀더 멋있게 보일지도 모른다는 똥 같은 착각이 전부였다. 역시 여자는 하등동물이라는 둥, 예쁘지 않은 여자는 남자들에게 영감을 줄 수가 없고 남자들에게 영감을 줄 수 없는 여자는 존재 가치가 없다는 둥, 여자들에게는 굳이 투표권을 줄 필요가 없다는 둥 하고 떠들고 다녔다. 그의 이론에 의하면 내가 결혼하지 않는 것은 남자들에게서 한 번도 사랑을 받아보지 못했기 때문에 결국 남자들에 대한 증오가 생겨서 그렇다는 것이다. 그가 내 오빠다. 동생 수경은 연애지상주의자였다. 내가 그렇게 결혼도 하지 않고 남자도 만나지 않고 있으면 몸에 곰팡이가 필 거라고 노골적으로 말하곤 했다. 세상의 여자들이 진정 궁극적으로 원하는 것은 부유하고 폼 나는 남편감이었지만 수경은 여자들이 일상생활을 탈피하는 로맨틱한 연애를 원하고 있을 거라고 철석같이 믿고 있었다. 그의 말이 틀리지는 않지만 그것이 최종 목적은 아닌 셈이다. 그에 의하면 남자와 관계를 가지고 싶어 하지 않는 여자는 석녀뿐이다. 그는 꽤 여자에 대해 많이 아는 듯이 거들먹거리기를 좋아했다. 그에게는 실제로 겪었거나 지어낸 남녀 간의 연애에 관한 이야기들이 언제나 넘쳐났다. "내가 그 내레이터 모델과 같이 잘 수 있었는데 말야"라거나 "그 계집애는 나를 너무 좋아했지만 가슴 큰 거 빼놓으면 뭐 하나 볼 게 없어서" 그런 식이었다. 그는 그런 너절한 이야기들을 큰 비밀이나 되듯이 한참 늘어놓은 다음에 덧붙이고는 했다. "그런데 누나, 돈 좀 가진 것 있어?"

여동생 미경은 가장 오랫동안 만난 적이 없지만 기억에 의하면 낭만주의자였다. '유경 언니도 정말 제 짝을 만난다면 그 따위 무서운 말을 하고 돌아다녀서 가족들을 당혹스럽게 하지 않을 텐데.' 이것이 미경의 생각일 것이다. 이상할 것도 없다. 미경은 마마보이 기질이 농후한 엄살꾸러기에다 신경질쟁이인 오빠 해경이 세상에서 흔히 말하는 엘리트의 한 명이라고 생각하고 있었고 무능력하면서 똥폼만 잡는 룸펜이자 건달 수경이 예술가적 기질로 인해 사회에 잘 적응하지 못하는 불운한 미소년 정도로 생각하고 있었다. 물론 이렇게 믿고 있는 데는 엄마의 영향이 컸다. 미경 자신도 못 말리는 마마걸에 무능력으로 친다면 결코 만만치 않은 대상이었다. 그 아이는 원래 노동이란 걸 혐오했다. 노동이란 파출부나 가난한 집 딸이나 그리고 가끔은 엄마 같은 여자들이나 하는 것이다. 노동은 손에 굳은살이 박이게 하고 마사지를 받으러 다닐 시간이 없게 만들고 스트레스 때문에 히스테리가 되기 쉽다. 남자들은 그런 여자를 결코 좋아하지 않는다! 미경은 고등학교 때부터 일본 패션 잡지와 스포츠 신문의 연예 기사 말고는 읽지 않았다. 책 같은 것은 고리타분하다는 것이다. 물론 미경이 착하고 귀여운 소녀라는 것은 나도 인정한다. 그 애는 다른 사람이 아프면 가서 도와주기를 즐겼고 내가 결혼하지 못한 것을 진심으로 마음 아파(!)하고 있는 것을 숨기지 않았다. 내가 남자고 또 결혼을 해야 한다면 미경 같은 여자를 선택하는 것이 편리할 수도 있는 것이다. 그 애가 준도 같은 멀끔하게 참기름 바른 밀가루 얼굴의 남자와 결혼하는 것은 그 아이에게는 굉장한 다행이다. 아니면 뭐 어떻게 살 것인가. 미경은 내가 알기로 한 번도 직업을 가진 적이 없다.

  엄마는 우리 가족 중에서 가장 현실적인 편이다. 오빠 해경에 대한 편애나 수경에 대한 측은지심만 제외한다면 비교적 그렇다. 예를 들어서 돈을 벌어야만 살 수 있고 그 점에 있어서 세상이 호락호락하지 않다는 것을 아주 잘 알고 있다는 점에서 그렇다. 그러나 그 내용을 자식들에게 알려주려고 하지는 않았다. 자식들이 험한 노동을 하지 않고도 살 수 있는 계층이 되기를 바란 것이다. 자기 자신은 진자리 마른자리 가리지 않고 일하지만 자식은 말랑말랑한 젤리 깡통 속의 쥐새끼처럼 지내게 하는 것이다. 덕분에 첫아이인 오빠 해경의 교육비는 상상을 초월하는 수준이었다. 우리 집의 처지로 그것은 가히 천문학적인 숫자였다. 나머지 아이들은 상대적으로 관심을 덜 받은 편이다. 해경은 엄마에게 비교적 만족할 만한 아들이었던 것이다. 엄마에게 지금 최대의 고민은 나의 결혼 문제와 수경의 실업일 것이다. 그래도 엄마는 낙천적인 편이다. 엄마의 생각은 다음과 같다. 수경이 직업이 없는 이유는 워낙에 바람같이 자유스러운 애여서 외국에서 자랐으면 훌륭하게 됐을 텐데(에디슨이나 마틴 루터 킹을 봐라), 한국이라는 나라에서 자랐기 때문에 힘든 것이다. 수경을 외국 유학을 시켰다면 그는 아주 비범하고 훌륭한 인물이 되었을 것이다. 도무지 한국이란 나라의 교육제도란! 무조건 성적순으로만 생각하고 성적이 나쁜 아이에게는 아무런 기회를 주지 않는다. 유진 박 같은 자유분방한 예술가나 백남준이나 장한나처럼 세계적인 인물이 한국에서는 탄생할 수 없는 것이 다 이유가 있는 것이다. 형편이 넉넉지 않기 때문에 수경을 외국에 보내주지 못한 것이 지금도 마음에 걸린다. 엄마는 이런 식이다. 해경의 경우와 완전히 모순되는 생각을 하고 있는 것이다. 그리고 내가 남자가 없는 까닭은 콧대가 높아 호락호락하게 아무 남자에게나 웃음을 주지 않기 때문이라고 굳게 믿고 있다. 자식들에 대한 이런 견해만 제외한다면 엄마는 현실적이고 합리적인 편이다.

   나? 그러는 나는 뭐냐구? 나는 옛날부터 고집불통이고 청개구리고 애교 없고 붙임성 없기로 유명했다. 이기적이고 남을 배려 안 하고 심술궂었다. 제 피붙이에 대한 험담을 눈 하나 깜짝 안 하고 퍼부어대니 가족들이 나에 대한 불만을 말하려 한다면 수천 가지나 댈 수 있을 것이다.

22
결정적인 실수

그 주는 모든 것이 다 엉망이었다. 장길수 씨는 토요일이나 돼서 돌아올 것이고 생화학 시험 준비는 더 이상 진도가 나가지 않았다. 이백 개나 되는 퀴즈 문제는 건드려보지도 못한 것이다. 나는 직장에서 길과 마주치지 않으려고 극도로 조심했다. 그러나 역시 같은 직장에 있는 이상 한 번도 얼굴을 보지 않는다는 것은 불가능했다. 오늘도 한창 바쁜 시간에 전화벨이 울려 받으니 길의 목소리가 들렸다.

"오늘은 유난히 예쁘군. 난 지금 음담패설이 하고 싶은 기분이야."

"안 돼요. 난, 지금 사무실이에요."

말하고 나서 나는 황급히 사무실 안을 둘러보았다. 내 목소리가 너무 크지 않았을까 걱정이 되었기 때문이다. 그러나 다들 정신없이 일하고 있어서 나에게 신경 쓰는 사람은 아무도 없었다.

"당연하지. 난 사무실로 전화했으니까. 그나저나 그 분홍빛 스웨터는 왜 그렇게 몸에 달라붙는 거지?"

"도대체 내가 무엇을 입고 있는지, 그런 것들을 어떻게 알 수 있는 거예요? 오늘 한 번도 마주친 적이 없잖아요."

"그 정도야 알 수 있지. 내가 누군가."

길은 기분이 좋은지 껄껄 웃었다.

"오늘 만나고 싶어. 시간을 낼 수 있겠지?"

"무엇 때문에요?"

"보고 싶기 때문이지. 당연하지 않은가."

"아."

나는 아무런 말도 하지 못하고 아, 하고 숨만 삼켰다. 길의 목소리는 묘하게 달라져 있었다. 내가 처음 그를 보았을 때의 멋지고 이지적인 보스 스타일의 남자의 목소리가 아니었다. 어딘지 응석부리는 듯한, 먹을 것을 눈앞에 두고 침을 흘리고 있는 어린아이의 목소리, 냉정함과 자제력이 결핍된 신경질적인 목소리, 상대를 배려하지 않는 편집증적인 목소리였다. 어쩐지 원하지 않는 징그러움이 묻어 있는 소리였다. 물론 내 예감이 틀릴 수도 있다. 그러나 불안은 틀린 것이 아니었다. 처음에 길은 분명히 나를 끄는 뭔가를 갖고 있었다. 그러나 이제 아니다. 서서히 길에 대한 불편함이 분명해지기 시작했다. 길이 두번째로 나를 찾아왔을 때 강렬하게 뿌리치지 못한 것이 두고두고 마음에 걸렸다. 확실하지는 않지만 나는 결정적인 실수를 저지른 것이 분명하다.

"그리고 할 이야기가 있어."

길은 태연하게 계속했다. 사내 전화로 이런 통화를 계속한다는 것은 아무래도 현명한 일은 아니다. 그런데 길은 어째서 이렇게 태연할 수 있는 걸까?

"열시쯤 집으로 가겠어."

"안 돼요."

나도 모르게 목소리가 커졌다. 집으로 찾아온다면 길은 또다시 성관계를 요구할 것이 틀림없다. 그러면 지난번처럼, 나는 엉겁결에 그와 섹스하게 될 것이 틀림없었다. 다른 것은 몰라도 길은 최소한 섹스하기에 안전한 남자 군에 속하는 것은 틀림없었다. 지금까지 남자를 대하는 내 태도의 기본은 그것이었을 것이다. 그러나 그것은 어리석은 일이었을까? 의혹

이 솟았다.

"왜 안 된다는 거야?"

길의 목소리에 힘이 들어갔다.

"당신에게 할 이야기가 있어요."

사무실의 통화였기 때문에 나는 길에게 당신, 이라는 호칭을 썼다.

"음."

"지금은 안 돼요. 저녁때 만나서 이야기해요."

"그래서 집으로 간다니까."

"집은 안 돼요. 저, 동생이 방문하기로 되어 있거든요."

다급하게 변명하고 나서 나는 입술을 깨물었다. 왜 좀더 당당하게 말하지 못하는 거지? 너는 죄를 짓지 않았어. 뭐가 두려운 거야? 바보같이. 길과의 관계는 서서히 나에게 죄의식의 형태를 띠기 시작했다. 나는 냉정하지 못했다. 부끄러운 일이다.

"그래? 그렇다면 할 수 없지. 집 근처 '프란츠'에서 만나지. 열시."

"그래요. 열시."

전화를 끊고 나서 나는 화들짝 놀랐다. 광견병이 옆에 서 있었기 때문이다.

"뭐야, 좋은 전화?"

광견병은 히죽히죽 웃고 있었다.

"아니에요."

내 대꾸는 퉁명스러웠지만 얼굴이 달아올랐다.

"뭐가 아니에요. 내가 다 들었는데. 오늘 밤 데이트하신다 이거 아닙니까?"

"아니라고 했잖아요!"

"왜 화를 내고 그래요? 좋은 일인데. 드디어 시집가나 보지요?"

씹새끼. 나는 속으로 부르르 떨었다. 하지만 표정으로 드러나지 않게 안간힘을 썼다. 그리고 얼른 일어나 말했다.

"무슨 일이십니까? 전 이 일을 다 마쳐야 해서 바빠요."

"데이트가 있는데 야근을 시켜서 어떡하나. 미안하군요. 이봐요, 유경 씨. 다른 사람에게 하게 할까요? 보고서 수정안인데, 여러 가지 수치 자료가 들어가야 하거든요."

"제가 하겠어요."

"수의사인지 뭔지 된다고 언제나 바쁘다고 하더니만 그래도 남자 사귈 시간은 있는 모양이네."

광견병은 돌아서면서 기어코 한마디 던졌다. 광견병은 언제나 나를 미워했다.

23
지금껏 내가 경험한 가장 고독한 것

 야근을 끝냈는데도 집으로 돌아가기가 싫었다. 나는 빈둥거리며 사내 이메일 박스를 뒤지면서 시간을 보내다가 할 수 없이 자리에서 일어섰다. 내가 왜 이렇게 겁을 집어먹고 있는지 스스로 납득이 가지 않았다. 솔직해져봐, 유경. 너는 길이 적극적이라는 것을 이유로 이 짜증나는 관계를 질질 끌려는 욕망을 가지고 있어. 게다가 즐기기까지 하면서 말이야. 너는 분명히 거절했다는 책임 회피의 방어막까지 치고서는. 그렇지?
 열시까지는 아직 시간이 많이 남았다. 고속도로를 드라이브하고 싶었지만 그러기에는 시간이 모자란다. 그러나 가고 싶다! 한밤의 고속도로 드라이브는 한때 내가 가장 좋아하는 일이었다. 나약해질 때, 나약한 것의 유혹을 받을 때, 나약한 자신을 용서하고 싶을 때, 나약한 것을 받아들이는 자신을 볼 때 생각하고 말 것도 없이 어느새 나는 고속도로로 향하는 길로 들어서 있었다. 지금은 차도 많지 않을 것이고 아주 조금만 갔다가 올 생각이었다.

지금껏 내가 겪은 일 중에 가장 고독한 것은 한밤의 고속도로를 홀로 달리는 것이다. 동행도 없고 음악도 없고 약속된 장소도 없다. 하늘은 흐리고 차창 밖의 세상은 온통 어둠이다. 존재하는 것은 과부하가 걸린 엔진의 소음과 차체에 마찰되는 거친 바람 소리뿐이다. 필요한 것은 어둠을 꿰뚫는 긴장과 헤드라이트와 스피드 사이로 언뜻언뜻 환상처럼 비치는 도로에 집중하는 것뿐이다. 초일상적인 스피드. 그렇다. 이백이라 해도 상관없고 백오십이나 백칠십이라도 상관없다. 스포츠카를 갖고 있다면 이백도 가능할 것이다. 중요한 것은 그것이 갖고 있는 초일상성이다. 그런 속도로 나는 서울에서 멀어진다. 처음에는 강렬한 두려움을 느꼈다. 집이 그리워진 것이다. 갈 곳이 없다는 생각도 들었다. 승부를 걸지 않고도 인생을 살아가는 방법은 많은 것이다. 고독은 굳이 스스로 선택하지 않아도 된다. 그런데 왜 나는? 오오, 그러나 속도가 계속될수록 나는 강해진다. 집에서 멀어질수록 나는 점점 두려움을 떨친다. 그 바람 소리, 그 어둠, 그 속도. 그리고 그 모든 고독. 온몸에서 힘이 빠지게 하고 손가락 끝까지 덜덜 떨리게 만드는 고독. 그 무중력의 고독. 이토록 낯선 시간, 이토록 낯선 공간. 그러나 나는 그것을 이겨낸다. 불을 이겨내고 강철이 되겠다. 이 무서운 고독을 이겨낸 다음 소중하고 강한 자아를 얻겠다. 나는 내 자신을 타인과 공유하고 싶지 않다. 유경, 이겨내라, 이겨내! 세상 사람들의 온갖 달콤한 혓바닥에 속아서 자신을 내주지 마라. 기억하라. 너를 말할 수 있는 것은 오직 너뿐이다. 모든 관계는 허울이다. 기댈 생각은 하지 마라.

아주 많은 시간이 흐른 것 같았으나 사실은 겨우 이천 부근에 왔을 뿐이었다. 휴게소를 발견한 나는 그곳으로 들어갔다. 찬물에 세수를 하고 커피를 마신 후 서울로 돌아갈 생각이었다. 화장실에서 나와 커피를 한 잔 사들고 걸어가던 나는 누군가와 스쳤다.

처음에는 그가 그냥 어느 정도 낯익은, 그런 얼굴이라는 생각이 들었으나 번개처럼 뒤돌아보았다. 알 수 없는 힘이 나를 그렇게 하도록 만들었다. 내 눈은 충혈되고 긴장으로 턱은

덜덜 떨리고 있었으며 머리칼은 바람에 날려 마귀할멈 같았다. 바람 때문에 입술은 푸른빛이었다. 나는 바로 그때 벽에 걸린 시계를 순간적으로 보았는데 아홉시를 알리고 있었다. 뚜 하는 소리와 함께 아홉시 뉴스가 시작되었다.

"유경?"

그 사람은 커피 잔을 들고 일행들과 좀 떨어져 나에게 다가왔다.

"유경, 너 유경이 맞지?"

그 사람의 목소리가 맞았다. 나는 사람들 사이에서 그의 목소리를 먼저 알아보고 그다음에 그의 얼굴을 보았다. 십 년 전보다 나이 들어 보이는 것은 당연했다.

"교진이."

"그래, 나 이교진이다."

"여긴, 웬일이야?"

"대전에. 출장 가는 중이야. 회사 사람들과 같이 있어. 내일 아침부터 일을 시작해야 해서 오늘 내려가려고."

교진은 변한 것이 없었다. 정확히 하자면, 나이 들었다는 것만 제외한다면 말이다. 얼굴이 좀 마른 듯하고 눈가에 보이지 않는 연한 주름이 지고 목덜미의 살갗이 좀 붉어졌다. 아직 머리가 빠지거나 배가 나오지는 않았다. 내가 알고 있던,

한때 내가 알고 있던 이교진이라는 사람이 여전히 살고 있는 몸이었다. 나는 믿어지지 않는 일을 당해서 도리어 침착해지는 마음을 느꼈다. 차라리 멍해서 감정의 순발력이 둔해진 상태다.

"유경, 너는 어쩐 일이야?"

관광버스에서 내린 단체 손님들이 나와 교진의 어깨를 밀치고 지나갔다. 우리는 서로 비틀거리면서 서 있었다.

"난, 드라이브 나왔어."

"넌 여전히 심플하군."

"무슨 뜻이야?"

"말 그대로의 의미야. 하고 싶으면 하고, 아무것도 기다리지 않지."

너에게는 내가 그렇게 보였니? 그러나 나는 아무런 말도 하지 않았다. 대개의 사람들이 그러는 것처럼 교진 역시도 나를 좋게 표현한 '쿨 걸' 정도로 생각하고 있다는 것은 그다지 놀랄 일은 아니다. 그러나 내가 알고 있는 나는 그렇지 않다. 나는 언제나 전투 중이다. 교진은 나보다 일곱 살이 많았고 그가 대학 시절 오빠 해경의 가정교사로 우리 집에 이 년간 머물렀다. 그러니 그는 지금 마흔 살의 남자가 되어 있는 것이다. 기억 아득한 젊은 날 나는 그를 사모했다. 지금껏 내가 경험한 또 다른 가장 고독한 것이었다.

24
소중한 것을 지키는 길은 단지 침묵뿐

 교진이 처음 우리 집에 왔을 때 나는 열여섯 살의 여고생이었다. 오빠 해경의 가정교사는 교진이 처음은 아니었다. 해경은 공부에 어울리지 않는 머리를 타고났지만 워낙 강렬한 권력 욕망이 그를 책상에 앉게 했다. 그때 공부를 잘해야만 이룰 수 있는 것들을 그는 탐내고 있었던 것이다. 그는 대망을 품은 사내도 아니었고 정의롭지도 않았고 호감을 주는 스타일도 아니었다. 그런 그가 존경을 받으려면 성적이 좋아야만 했던 것이다. 해경이 원하는 것은 학원 강사의 효율성에 친형과 같은 관용을 가진 가정교사였고 교진이 여기에 어울렸다. 그래서 교진은 이 년 동안, 해경이 고등학교를 졸업하고 재수하는 동안 우리 집에 머물렀다. 그러나 나는 그 시절 교진과 대화를 나누어본 기억이 거의 없다. 그때의 나에게 교진은 너무나 어른이었던 것이다. 그리고 그때 벌써 가족들에 대한 본격적인 경멸을 시작한 나에게 교진도 역시 해경과 비슷한 부류의 남자로, 아집만 강하고 돈은 없는 그런 고학생으로 보였을 뿐이다.

내가 아무리 도도하다 해도 사춘기의 강물은 어쩔 수 없었다.

엄마를 비롯해서 나의 가족이나 내 친구들은 내가 한 번도, 그러니까 남자와 그럴듯한 연애 사건을 한 번도 일으키지 않은 줄로 알고 있지만 그건 사실과 다르다.

교진은 해경이 대학에 합격한 다음 나에게 처음 데이트를 신청했다. 그때 교진은 이미 우리 집을 떠나 있었다. 교진과 나는 아무도 모르게 데이트를 하고 같이 영화를 보았다. 우리 집에 머물 때는 보아주지 않던 내 공부를 도와주기도 했으며 곰인형을 선물하기도 하고 속옷을 사주기도 했다. 교진은 친절하고 다정하고 말할 수 없이 부드러웠다. 어린 나는 내가 막연히 동경하고 있던 독신자의 삶에 대한 모든 환상을 여지없이 던져버렸다. 세상 사람들이 행복이라고 말하는 것, 그런 것이 이렇게 손쉬운 곳에 있는데 뭐하러 보기 흉하게 이맛살을 찌푸리고 있냔 말이다. 이렇게 다정하게 잘해주는 연인이 있는데 뭐 하러 무의미한 전투 같은 삶을 살아야 하느냔 말이다. 우리는 눈이 내리는 날 광화문을 걸으면서 입맞춤을 나누었고 마침내 같이 자기도 했다. 우리는 세상 사람들이 흔히 말하는 연인이 되어가고 있었다. 오래전 일이다.

서서히 변해가기 시작한 것은 아마 내가 대학에 들어간 이후가 아니었을까. 그때 이미 나는 불쌍할 정도로 교진에게 빠져 있었다. 그러나 곧 제정신을 차려야 했다. 이 세상은 불확실성과 어둠으로 이루어져 있었다. 단순한 시각을 가진 연애가 끼어들 여지가 없었다. 나는 한창 감수성 예민한 시기에, 연애의 절정에 이르러서야 비로소 그것에 대해 회의를 갖기 시작한 것을 지금은 감사하게 생각한다. 나는 잠시 집을 나와 구로구의 메리야스 공장에 취업한 적이 있었다. 나로서는 자립에 대한 최초의 시험대였다. 인생이란 파티의 준비된 주인공으로 화려하게 등장하는 것만이 삶의 유일한 길이 아닐지도 모른다는, 그런 의심 때문이었다. 아니 사실은 돈이 필요했다. 내가 벌어서 내가 마음대로 쓸 수 있는, 남편의 돈도 부모의 돈도 아닌 내 돈 말이다. 교진은 이런 나를 이해하지 못하는 듯이 보였다. 그는 내가 어리고 귀여운 여고생으로 머물

러주기를 기대했던 것 같다. 부유한 집안의 어리고 귀여운 여고생 말이다. 그런데 나는 그러지 못했다. 나는 더 이상 어리고 귀엽지 않았고 우리 집은 교진이 생각하는 것만큼 부유한 집이 아니었다. 우리들 간의 최초의 마찰의 표면적인 이유는 그것이었다. 나는 그때 교진이 원하고 있는 것은 귀여운 부잣집 딸인 여대생이지 메리야스 공장 여공이 아니라는 것을 분명히 알게 되었다. 그것이 시작이었다.

  오빠 해경에 대한 엄마의 투자는 장남에 대한 한국 어머니들의 과잉된 애정 때문이지 경제력 때문은 아니었다. 교진이 이런 점에 회의를 갖게 되자 나 또한 교진에게 회의를 가졌다. 과연 결혼이란 것을 죄의식 없이 그렇게 당당하게 생각해도 되는 것인가. 교진이 현실적인 문제에 집착할수록 나는 철학적인 고뇌에 빠져 허공을 헤매고 있었다. 교진이 학위를 받을 때까지의 기나긴 시간 동안 서포트해줄 수 있는 처가를 찾는 동안 나는 역사적으로 일부일처제가 과연 정당한 제도인가, 옳지 않다는 것을 알면서 현실의 안위 때문에 그것을 선택한다면 비겁자에 지나지 않는다. 나는 과연 그것을 원하는가? 이런 문제를 생각하고 있었다. 우리는 서로에게 생긴 갈등을 바로 자신의 잣대로 해석했다. 그래서 서서히 헤어질 준비를 했다.

이렇게 말하면 마치 교진이 부잣집 딸을 노리고 계획적으로 유혹한 교활한 남자로 느껴진다. 그러나 그것은 우리에게 부당한 평가다. 사람들의 우화 속에 악역을 맡은 교진과 허영심 강한 어리석은 여자 역을 맡은 나, 유경에게 말이다. 우화 속의 인물은 역할에 불과하다. 그것은 진술의 틀인 것이다. 그러나 우리는 오랜 시간 동안 정형화된 역사에 익숙해져서 다른 형태의 진술을 해석하지 못한다. 아니 다른 형태의 진술 자체가 불가능하다. 나 역시 교진과 나에 대해서 지금 말하게 되었을 때 그 우화의 정형을 벗어나지 못했다. 그래서 말이란 도처에 함정이 있게 되는 것이다. 자신에게 소중한 것이 있다면 그것을 지키는 길은 단지 침묵뿐이다.
　…… 헤어짐이 아프지 않았다고 한다면 그건 오만이다.

25
그날 이후 나는 강철이 되겠다고 결심했다

 교진은 나를 완전히 떠나간 것은 아니었다. 그는 내가 대학을 졸업할 때까지 근처에 머물렀다. 그러다가 지금의 아내가 된 여자와 결혼했다. 그가 한 일이라고는 그것뿐이다. 나를 임신시키거나 성병을 옮기지도 않았고 돈을 떼어먹은 것도 아니고 결혼하자고 나를 현혹한 적도 없었다. 지금 생각해보면 교진은 정말 정직한 사람이었다. 물론 그 당시는 내가 다른 남자들과 그를 시간을 두고 비교할 수 없었기 때문에 몰랐지만 말이다. 나이 차이에도 불구하고 그는 나에게 존대를 요구하지도 않았고 화가 나도 폭력을 쓰지 않았다. 무엇보다도 그는 지성적인 사람이었고 가난한 환경에서 자랐지만 편견에 찌들지 않은 사람이었다. 그리고 그와 나의 헤어짐은 충분한 시간을 가진 뒤, 서로의 합의에 의한 평화로운 것이었다.

"유경, 네가 원하면 결혼하겠다."

처음으로 결혼이란 단어를 꺼내면서 교진이 나에게 한 말이다.

"너에게 달렸어. 나는 네가 원한다면, 좋다."

그때 이미 나는 교진을 처음 만나던 그런 소녀는 아니었다. 우리는 이미 너무 많은 갈등과 냉전의 시간들을 건너왔기 때문에 서로를 냉정하게 바라볼 수 있는 여유가 있었다. 나는 교진 말고도 세상에는 남자가 많음을 알게 되었고 이미 다른 남자친구와의 잠자리도 경험한 다음이었다. 나는 교진이 나에게 주었던 것들, 언제나 단 한 번만 그럴 수 있는 봄날 같은 것, 그런 것들을 무시하려 애썼다. 내가 고뇌하고 있던 것은 잠자리를 같이했다는 이유로 꺼내질 수 있는 '결혼'이라는 문제였다. 교진이 이 세상 정의의 편에 서려면 무시할 수 없는 문제였다. 교진이 신의를 지키려면, 교진이 부잣집 딸이나 유혹하려고 돌아다니는 내세울 것이라고는 고학력뿐인 엘리트 사기꾼이 아니려면, 여자랑 같이 잔 다음에 나 몰라라 하고 줄행랑치는 비열한이 아니려면, 아무 생각 없이 여고생을 유혹한 자제력이 결핍된 성욕 과잉의 남자가 아니려면, 마음 가는 대로 사는 삶을 예술이라고 믿고 있는 경박한 아티스트가 아니려면, 그는 나에게 '결혼'을 제의해야 하는 역할을 맡게 된 것이다.

 그 당시를 생각하면 오묘한 변수들이 많다. 교진과 내가 같이 잠잤던 것이 내가 미성년일 때 일어났다는 것, 교진을 사귀게 되면서 공교롭게도 엄마의 사업 실패와 주식의 폭락으로 우리 집은 상당히 많이 가난해졌다는 것, 결국 교진은 학위를 포기하고 취업하기로 했다는 것, 교진이 유난히 고지식한 성격이며 사회 정의를 위한 집단적인 운동이 사생활의 청결과 연관되어야 한다는 순진한 믿음이 강렬했다는 것, 시간이 지나면 지날수록 오류로 가득한 답안을 써내려가는 그런 꼴이 되고 말았다는 것, 거짓말을 정당화하기 위해서 다른 거짓말을 되풀이하는 그런 꼴이 되고 말았다는 것, 모든 것을 감당하기에 나는 물론이거니와 교진조차도 미숙했으며 결정적인 것은 그때까지도 우리는 서로 잘 안다고 할 수는 없었던 것이다. 우리가 특별히 둔감해서가 아니었다. 우리는 그때 성장의 불안한 바다 한가운데에 있었던 것이다. 지금 돌이켜보면 교진과 나는 둘 다 존재를 지나치게 무겁게 받아들이는 편에 속한 것이다. 단지 그 해석하는 방법이 달랐을 뿐이다.

그런 상황에서 교진은 마지막 패를 나에게 넘겼다. 나는 주사위를 던졌다. 나인, 나인, 나인. 어디에도 갈 수 없다. 아마 그때 나는 교진에게 다음과 같이 대답한 것 같다.

"교진, 나는 너를 좋아하지만 그 이상은 아니야. 단지 너와 같이 잤다고 해서 내가 왜 너와 결혼까지 해야 하니? 그만 비켜줘, 나는 야망이 있는 여자야."

그랬다면 교진은 자신이 내 양에 차는 결혼 상대자가 못 된다고 생각했을 것이다. 그러나 어쩌면 나는 다음과 같이 말했을지도 모른다.

"우리는 너무 오래 사귄 것 같아. 나는 이제 더 이상 어린애가 아니야. 이제 나에게도 나의 기호라는 것이 있어. 너무 오래된 것은 나 뭐든지 마음에 들지 않아."

그랬다면 교진은 내가 싫증났다는 의미로 받아들였을 것이다.

그러나 정말 내가 하고 싶었던 말은 연애에 빠져서 설탕물 속을 헤매는 파리가 되기 싫다는 것이었다. 육십 살이 되어도 정글 속의 고릴라와 키스하는 그런 인생을 살고 싶어서였다. 그러나 다시 기회가 주어진다고 해도 진정 그렇게 말할 자신이 있는지 지금도 확신할 수는 없다. 어느 쪽이든 간에 나는 언어의 함정을 피해 갈 수 없었다. 말해놓은 다음에 이게 아닌데, 하는 생각 말이다. 그러나 다른 언어는 없다. 나는 교진이 양심의 가책 없이 나를 떠날 수 있게 해주면 되는 것이다. 나는 희생자였을까? 교진이 홀가분하게 새로운 여자와 결혼할 수 있도록 도와준? 말도 안 되는 소리다. 나는 무엇보다 더 큰 자유를 느꼈다. 그럼에도 불구하고 고통은 강렬했다. 이미 우리를 연결하고 있는 것은 아무것도 없는 상태였다. 교진은 나에게 선택권을 주었지만 나는 선택의 여지가 없음을 알고 있었다. 우리는 생각이 다르다. 꿈꾸는 인생도 너무 다르다. 결혼하지 않으면 헤어져야 한다. 너무나 큰 폭력이다. 그러므로 결혼이란 그런 마지막 상황에서 보통 사람들이 내놓을 수밖에 없는 카드였다. 오, 교진과의 모든 기억들이 솥 안에서 망가진 푸딩처럼 으스러지며 막을 내렸다. 나는 타인에게 감정으로 의지하는 것의 뒷맛을 충분히 맛보았다.

다시는 그렇게 하고 싶지 않았다. 그날 이후 나는 강철이 되겠다고 결심했다.

26
모두가 지나간 옛 노래

"커피 마시는 중?"

교진은 내가 손에 들고 있는 종이 커피 잔을 가리키면서 이렇게 물었다. 커피 잔을 손에 들고 있으니 당연하지 않은가. 왜 그렇게 바보 같은 질문을 하는 건지 모르겠다.

"너도?"

그렇게 생각한 나 역시도 똑같이 멍청한 질문을 하고 있었다. 교진은 커피 잔을 손에 든 채로 어깨를 움츠렸다.

"어떻게 사니? 결혼은 했겠지?"

"아니, 안 했어."

"한 적도 없고?"

"그럼. 당연하지. 날 뭘로 보는 거야?"

"이봐, 유경. 넌 여전히 자신만만하구나."

"그러지 못할 이유가 없잖아."

나는 교진을 똑바로 쳐다보았다. 그러나 교진의 눈동자를 바로 쳐다보는 것은 상당한 노력이 필요했다. 교진은 무엇인가 달라져 있었다. 그것은 아마도 성숙일 것이다. 지쳐 있는 것도 같고 세련되어진 것 같기도 했다. 말하지 않는 부분도 꿰뚫어보는 듯한 시선이었다. 나는 일부러 고개를 더 쳐들었다.

"넌 어떠니? 결혼 생활은 즐거워? 여전히 잘나가고 있겠지?"

"즐겁게 살려고 노력하는 편이지. 설사 잘나가지 않더라도 말이야."

"전화번호 가르쳐줄까?"

어째서 이런 말이 나와버렸는지 도무지 알 수가 없었다. 나도 모르는 순간이었다. 말을 꺼내놓고 나서 나는 가슴이 철렁 내려앉았다. 교진은 고개를 끄덕였다.

"좋아. 가르쳐줘."

나는 커피 판매대의 웨이트리스가 건넨 영수증에 볼펜으로 내 전화번호를 적었다. 그리고 교진의 손에 건넸다.

"나중에 한번 보자."

"좋아."

멀리서 교진의 일행이 이쪽을 바라보고 있었다.

"교진, 이제 가야지?"

"그래. 너도 이제 가야겠지?"

"맞아."

"조심해서 가라."

"응. 너도."

사람들 사이를 멀어져갔다. 교진은 한 번 아주 잠깐 뒤돌아보았다. 나는 손을 어색하게 흔들다 말았다. 이 모든 것이 왜 이렇게 상투적일까. 나이를 먹는다는 것은 다 그런 것일까. 쓸쓸하기조차 하다.

집으로 돌아오는 길에 갑자기 울화가 치밀었다. 십 년 만에 교진을 만나고 돌아가는 길에 왜 하필이면 길을 만나야 한다는 말인가. 모두 집어치우고 집으로 돌아가 샤워를 한 다음 이불을 뒤집어쓰고 머리끝부터 발끝까지 교진의 생각에 잠기고 싶다. 그 외의 다른 일들은 다 고문이다. 왜 하필이면 오늘인가.

할 말이 있어.

길은 그렇게 말했다. 그렇다. 나도 할 말이 있다. 이번에는 정말 솔직해지는 거다. 눈치 보지 않고 정직하고 감정에 떳떳하게 말하는 거다. 그렇게 하지 못할 이유가 없다. 서울로 돌아가는 내내 나는 기운을 내려고 애썼다. 자꾸만 가라앉고 흔들리며 분열되는 마음을 다스리려 했다. 그리고 그렇게 됐다고 믿었다. 카페 '프란츠'에 도착한 시간은 열시 사십분이 가까워져 있었다. 당연히 길의 표정은 아주 화난 그것이었다.

"커피 마시겠어요."

주문을 받으러 온 종업원에게 말하고 나는 길에게 물었다.

"하고 싶다는 말이 뭐였어요?"

"그것보다 지금까지 어디에 있었어?"

"기분이 울적해서 드라이브하느라 늦었어요. 하고 싶다는 말이 뭐죠?"

"기분이 왜 울적하지?"

"설명해도 부원장님은 이해 못 해요. 하고 싶다는 말이 뭐예요?"

길의 표정이 눈에 띄게 굳어졌다. 세상에 태어나서 이런 모욕은 처음 받아본다는 그런 표정이었다. 순간적으로 난 길을 동정했다. 길이 나에게 이런 대접을 받는 것이 과연 온당한가? 내가 길을 좋아하지 않는 것이 길의 잘못만은 아닌 것이다. 좀더 예의바르게 대해도 되지 않은가. 이런 갈등이 생긴 순간 길이 유리컵의 물을 내 얼굴로 들이부었다.

27
길에게 노, 라고 말하다

"뭐하는 짓이야!"

이 말은 내가 아닌 길의 입에서 터져 나온 것이다. 정확히 무슨 일이 일어났는지 내가 미처 깨닫기도 전에 나는 홀딱 젖었고 어리둥절함에서 벗어나지 못했다.

"나에게 그런 식으로 말하는 저의가 뭐야! 내가 이 시간에 여기서 이렇게 기다리고 그 따위 말투로 빈정거림을 들어야 할 그런 정도의 사람인가! 넌 도대체 나를 뭘로 생각하는 거야!"

"그렇다고 이건 또 무슨 짓이에요. 난 가겠어요."

"앉아."

"날 막지 못해요."

"앉으라고 했잖아. 유경."

길은 목소리를 가다듬더니 진정한 듯이 손짓으로 앉으라고 시늉했다.

"그래, 이성적으로 얘기를 하자구. 그러니 앉아."

"하고 싶다는 말이 뭐예요?"

"계약하는 것이 어때?"

"무슨 계약요?"

"절대로 비밀을 지키고 앞으로 육 개월 동안은 주말마다 만나는 거야."

"쳇, 겨우 생각해냈다는 게 그거예요?"

나는 모욕을 느꼈다. 그러나 스스로를 다스렸다. 진정해, 냉정해야 한다.

"왜, 육 개월이 너무 짧은가?"

"난 수의사 자격을 따야 해요. 난 할 일이 많아요. 그리고 그건 만만한 시험은 아니죠."

마침내 말하고 말았다. 길은 역시 별로 대수롭게 생각하지 않았다.

"수의사라구?"

길은 생각지도 못했던 단어를 들은 것처럼 두 눈을 껌벅껌

벅했다.

"프랑스어가 아니고 수의사였어? 그딴 걸 공부하고 있었단 말이야?"

길의 부주의한 이 말은 나를 분노시켰다. 마음 구석에서 불길이 이글이글 타올랐다.

"참견할 거 없잖아요."

나는 턱을 치켜들었다.

"그 시험이 뭐가 그리 중요한가? 그 나이에, 더구나 여자가 수의사 자격시험은 따서 뭐해. 네 나이의 수의사를 누가 고용한다고 그래? 그리고 수의사가 얼마나 지저분한 일을 하는지 알고 그러는 거야? 그리고 그건 핑계가 안 돼. 여자는 로맨스 앞에서는 불에라도 들어가는 것이 아닌가. 그런 게 여자잖아. 너는 뭐가 그렇게 따지는 것이 많고 야멸차기만 한가."

"정말, 이해할 수 없군요."

"내가 너에게 계약이란 조건을 내걸 수밖에 없는 것은, 너도 알지. 내 상황 때문이야. 그건 너에게 미안하게 생각한다. 하지만 내 존재가 너에게 전혀 도움이 되지 않는다고 말할 수는 없잖아. 내 제의를 진정으로 생각해봤으면 좋겠어."

"싫어요."

"뭐라구?"

길은 잠시 동안 커피 잔을 만지면서 가만히 있었다. 내 머리에서는 아직도 물방울이 뚝뚝 떨어지고 있었다. 내가 자리를 박차고 일어서지 않은 것은 이 순간이 아니면 또다시 길에게 이리저리 끌려 다니는 상태를 끝낼 수 없을 것 같아서였다.

"난 분명히 말해요, 싫어요."

"내가 받아들일 수 없다면?"

"말도 안 되는 소리."

난 코웃음 쳤다.

"결정권은 부원장님이 아니라 나에게 있어요. 잊었어요? 독신의 자유로움은 이럴 때를 위해서 있는 거죠. 부원장님은 날 어쩌지 못해요. 생각해봐요. 일이 불거지면 데미지를 입는 것은 부원장님이지 내가 아니에요. 그러니 날 협박할 생각은 말아요. 그리고 모르시는 것 같은데 부원장님은 나에게 로맨스의 대상이 아니에요."

"오라, 아주 자신만만하군."

큰소리쳤으나 길은 상당히 충격을 받은 것 같았다.

"안 그럴 이유가 없으니까요."

"그럼 나와 같이 잔 것은 뭔가?"

"그건 실수였어요. 알고 계신 줄 알았어요. 불쾌하다면 미안하게 생각해요."

나는 고개를 쳐들었다. 얼핏 머릿속으로 교진의 얼굴이 스쳐 지나갔다. 내가 여기서 이런 인간과 이런 대화를 나누고 있는 것을 알면 어떤 생각을 할까. 아니면 자기 몫의 인생이니까, 하면서 남처럼 생각할까.

"넌 내 진심을 이런 식으로 되갚는군."

길이 조용히 마치 생각해놓은 대사를 읽는 것처럼 말했다. 진심이라고? 아마 그는 '진심'이나 '애정'이나 '연인'이나 '계약'이란 단어를 쉽게 생각하는 부류인 듯했다. 그렇다. 어떤 여자든지 길을 거절하는 것은 쉽지 않을 것이다. 길은 자유주의 사상에 물든 그런 여자들을 사냥하는 것이다. 마찬가지로 자유주의자 여자들이 길과 같은 기회주의자인 기혼 남자들을 사냥하려 한다면 너무 쉬울 것이다. '물 반 고기 반'이라는 이름의 저수지가 무색할 것이다.

그러나 나는 수의사 시험에 합격해야 한다. 그다음에도 저런 남자들은 흔하다. 안전한 자유주의자 여자들을 사냥하려 하는 기회주의자 기혼 남자 말이다. 같이 잠자고 같이 밥 먹으러 다니고 같이 술도 마시고 농담에 웃어주고 사내 이메일을 보내는 그런 남자 말이다. 어차피 나는 혼자다. 남자란 바퀴벌레 같은 존재이고 없애려 해도 도저히 사라지지 않는다.

때려도 죽지 않고 이사를 가도 따라오고 불을 끄면 침대 속에 비비고 들어오고 아침이 되면 흔적도 없이 사라진다. 크라운을 가진 바퀴벌레라고 해서 나에게 뭐가 달라지나. 바퀴벌레는 그냥 바퀴벌레일 뿐이고 그들 나름의 욕구에 의해서 살아간다. 나와는 다르다. 심플하게 받아들이자. 이제 길은 나에게 가슴 두근거리게 만드는 존재도 뭐도 아니다. 길게 끌려다니다가는 걷어차이는 것밖에 기대할 것이 없다. 아니 나에게 중요한 것은 걷어차이는 것이 아니고 그다음에 찾아올 패배감과 자기 환멸이다.

"그러나 잘 알아둬. 난 너가 마음에 들었고 그래서 관계를 가진 것이니 후회하지는 않고 이대로 포기할 생각도 물론 없어. 내가 화를 내서 아마 화난 모양인데 그건 내가 사과하지."

길은 자존심을 되찾고 거만한 태도로 사과했다.

"그리고 내가 한마디 충고하는데 남자와 같이 잔 다음 실수였다는 변명은 여자가 할 말이 아니야."

여전히 잘난 척하기는. 아무리 멋있는 척 폼을 잡아도 오늘은 너와 같이 잘 생각은 죽어도 없다.

나는 주먹을 꼭 쥐고 되풀이했다.

28
남자 동료

 장길수 씨가 돌아왔다. 그는 내가 산더미 같은 일거리를 해치우느라 쩔쩔매고 있던 한 주일을 다 보내고 내가 장길수 씨의 회의까지 대신 참석한 다음인 토요일 오후에 믿을 수 없을 만큼 말끔한 모습으로 돌아왔다. 생화학 시험을 치러내느라 나는 눈이 퀭하니 들어가고 피부는 부석해졌다. 잠이 부족해서다. 그러나 최소한 패스할 것이 분명한 성적이었다. 동물생리학과 가축전염병과 면역은 성적이 좋았기에 걱정할 필요가 없었다. 수의학 관련 법규는 범위가 그다지 많지 않기에 부담스러운 것은 아니다. 나는 한 고비를 넘긴 상태였다.

하지만 역시 꿀이 말이 아닌 것은 숨길 수 없다. 길이 다시는 연락하지는 않을 것이다. 길에게도 자존심이라는 것이 있을 테니까. 게다가 그에게는 지켜야 할 사회적 체면과 회사 내에서의 위신의 몫이 만만치 않은 사람이다. 더 이상 나에게 어쩌지는 못할 것이다. 불안한 것은 길이 카페 '프란츠'를 떠나면서 나에게 비수같이 남긴 말이다.

"너, 후회하게 만들어주겠어. 감히 이 나를 가지고 놀다니."

흥, 제멋대로 생각하라지. 그래 봤자 별수 없을걸. 나는 머리를 털고 잊어버리기로 했지만 뒷맛이 개운하지 않은 것은 자기혐오 때문이다. 그러나 언제까지나 과거에 얽매여 원하지 않는 관계를 끌고 다닐 수는 없다.

"이봐, 유경 씨. 이 오빠가 없는 동안에도 일은 제대로 돌아갔나 보지. 그리고 내가 얼마나 보고 싶었으면 그렇게 얼굴이 안됐을까."

장길수 씨는 책상에 턱 걸터앉으며 씨도 안 먹히는 농담부터 시작했다.

"잘 다녀왔어요? 그쪽 일은 어땠나요?"

나는 딱딱한 어투로 물었다.

"일은 문제없이 끝냈어요. 비즈니스 통역이 부실해서 중간에 통역을 바꾸느라 애먹었어요. 그쪽 사무실에서 팩스실과

전시실과 호텔만 왔다 갔다 했지 뭐. 즐거운 일은 하나도 없었다구요. 정말이야."

장길수 씨는 눈을 장난스럽게 찡긋했다. 그때 삐리리 하고 그의 핸드폰이 울렸다.

"응, 자기? 아, 나야. 뭐야, 아까 조금 전에 통화하고서는."

장길수 씨는 결혼 경력 일 년이 조금 넘은 신혼의 신랑이다.

"그래, 알았다니깐. 오늘은 스케줄이 없으니 일찍 들어갈게. 정말이야. 음, 그래 그것도 좋겠지. 그 식당은 예약해놓아야 해. 주말이잖아."

그가 바로 곁에서 통화하고 있기에 나는 그가 와이프와 시시콜콜히 대화하는 것을 고스란히 들어주고 있어야만 했다.

"이봐 나는 생각이 달라. 거기는 주차가 힘들고 주말 저녁이라 아이들이 많을 거야. 차라리 '빠디유'가 더 낫지 않아? 그리고 자기, 차라리 영화를 본 후에 밥을 먹는 것이 더 여유 있고 좋지 않겠어?"

뭐 이따위 매너 없는 남자가 다 있지? 장길수 씨는 사람이 좋고 마음이 맺힌 데 없고 유머가 있어서 직원들에게 인기가 있는 편이었다. 하지만 나는 그런 그가 별로 마음에 들지 않았던 것이, 그는 때로 미묘하게 무례했다. 사람들 앞에서는 힘든 일이라면 자신이 뭐든지 다 해줄 것처럼 굴다가도 정작 단둘만이 그 일을 해치워야 하는 순간이 오면 언제나 오늘은 결혼기념일이라서, 와이프가 몸이 아프다고 하네, 저녁에 처갓집에 가봐야 해, 어쩌지? 하고 꽁무니를 빼는 경우가 많았다. 해야 할 일들이 단순노동이고 생색이 나지 않는 잡무일수록 더욱 그랬다. 장길수 씨의 생각으로는 그런 일은 스커트를 입은 여자들에게나 어울리는 것인 듯했다. 그 정도는 열애에 빠져 있던 시기를 지나 결혼을 한 이후로 더욱 심해졌다. 하루에도 핸드폰을 몇 번씩이나 하고 역시 셀 수도 없이 핸드폰이 걸려왔다. 그와 팀을 이루어서 일을 해야만 하는 내 입장에서는 그것은 점차 스트레스로 다가오는 현상이었다. 불평을 하기도 조심스러운 내용이었다. 왜냐하면 장길수 씨가 지금의 와이프와 만나기 전, 사무실 내에서는 또래의 미혼 남녀인 나와 장길수 씨를 커플로 맺어주면 어떨까 하는 의견이 나온 적이 있었기 때문이다.

29
그 남자의 이름은 Husband

물론 나나 장길수 씨 둘 다 그런 생각은 추호도 갖고 있지 않았다. 사무실 동료들의 의견 또한 장난스러운 생각일 뿐이었다. 그들은 농담으로 우리 둘이 함께 움직이면 '어, 데이트 가나?' 하고 농담을 건네곤 한 것이다. 우리들도 그것을 농담으로 알아들었다. 그런데 언제나 그 광견병이 말썽이었다. 광견병은 직원들 사이에 흐르는 농담을 정말처럼 믿어버린 것이다. 그는 나와 장길수 씨가 공개적으로 연애를 해서 회사의 분위기를 흐리고 일에 지장을 주며 보기에 민망하다는(!) 그런 황당한 이유를 들어 나를 다른 부서로 배치하려고 했다.

내 모든 캐리어가 엉망이 될 순간이었다. 그리고 나는 장길수 씨를 한 번도 동료 이상으로 생각해본 일이 없었다. 둘은 같이 출장을 간 일도 있지만 커피 한잔 하지 않고 헤어졌다. 노골적으로 표현하지는 않았지만 장길수 씨 역시 나를 여자로서는 낙제점이라고 생각하고 있는 것이 분명했다. 그는 좀더 여성스럽고 선이 가늘고 에로틱한 스타일을 좋아했다. 나로서도 당연히 아니올시다였다. 그런 취향을 가진 그와 내가 연애 사건의 루머에 휘말려 들어간 것은 팩트를 알고 있는 것이 확실한 동료들의 묵인 때문이었다. 동료들은 분명히 장길수 씨와 내가 사적으로는 아무런 사이도 아니라는 것을 너무나 잘 알고 있을 터였다. 이를테면 그들은 괜히 꿰어 맞춘 것이다. 노총각 노처녀가 팀을 이루어 일하니 놀려주고 싶었던 것이다. 광견병이 그렇게 오버하리라고는 생각하지 못했던 것이다. 대개 사람들의 생각은 가임기를 맞은 여자들은 발정의 욕구 때문에 외로움과 소외감에 시달릴 것이라고 생각한다. 그래서 결혼을 하거나 남자를 사귀거나 해야 하는데 그것이 여의치 못할 때 주변 사람들이 도와주어야 한다고 믿는다. 물론 남자에 대해서도 마찬가지다. 사무실 동료들도 그렇게 생각한 것이다.

그래서 나는 장길수 씨가 결혼하게 되었을 때 마음속으로 무거운 짐을 벗어놓은 것처럼 후련했다. 한동안 동료들은 또다시 나에게 서운하지 않느냐는 농담을 걸어와 모골이 송연하게 만들었다. 나는 휘몰아치게 일해서 아무도 나에게 그런 시답잖은 헛소리를 하지 못하게 했다. 그래도 농담을 거는 사람에게는 집어치우라고 쏘아붙일 자세가 되어 있었다. 나의 이런 태도는 점점 사무실 사람들이 내게 상당히 날카로운 성격이라는 생각을 갖게 했지만 신기하게도 장길수 씨는 여전히 인기가 높았다. 결혼한 이후 여자들이 그를 더 좋아하는 것 같았다. 그건 당연한지도 몰랐다. 정성 들여 다림질한 컬러 와이셔츠, 수제품 타이, 꼼꼼한 손길이 닿은 구두와 손수건, 나날이 보기 좋게 풍채가 잡혀가는 몸매. 여자의 손길로 다듬어지는 삼십대 남자의 몸인 것이다. 여자들은 그런 것을 좋아했다.

"어머, 길수 씨. 또 혜영 씨와 밀어를 나누는군요. 부러워라. 우리 그이도 그렇다면 얼마나 좋을까. 집 떠나면 생전 전화 한 통도 안 하고 어쩌다 내가 걸면 삼 초도 안 돼서 끊으라고 성화죠."

내 책상 곁을 지나가던 프로그램실에서 일하는 미스 윤이 한마디 거들었다. 미스 윤은, 당연히 미스 윤이 아니다. 결혼했고 아이도 있다. 하지만 모든 사람들이 그녀를 미스 윤이라고 불렀다.

"어이, 자기 그러니까 말이야. 자세한 내용은 이따가 내가 전화할게. 그때 결정하자구. 그래, 알았어. 그럼. 나도 사랑하지."

장길수 씨는 미스 윤과 눈을 맞추면서 전화를 끊었다. 뭐야, 어차피 아무것도 결정하지 못할 통화였잖아. 그렇다면 뭐 하러 내 자리에서 이렇게 길게 전화기를 붙잡고 어정거린 거야? 나는 장길수 씨에게 금요일 회의록을 내밀었다. 이 두툼한 내용을 다 정리하려고 힘들었다.

"이메일로도 보냈으니 사본이 필요하시면 프린트하면 될 거예요. 그리고 전화 내용은 메모함에 있고 급한 오더는 내가 처리하고 결과는 사내 결재 시스템에 걸어놓았어요. 보시고 의문 사항이 있으면 물어보면 돼요. 그리고 장길수 씨의 사인이 필요한 서류는……."

"아니 이봐, 유경 씨. 뭐가 그렇게 급하지? 난 단지 유경 씨가 얼마나 수고했을까 감사와 위로를 하러 온 것이지 마치 보스처럼 유경 씨의 업무 보고를 받기 위해서 온 게 아니라구. 그리고 이것."

장길수 씨는 포장지에 싸인 작은 상자를 꺼내 내 책상 위에 놓았다.

"어머! 너무 예뻐요. 장길수 씨, 이것 향수인가요? 유경 씨 너무 좋겠다. 이런 파트너를 만나서."

나는 가만히 있는데 미스 윤이 마치 자기가 선물 받은 양 호들갑을 떨었다.

"향순데, 작은 거야. 유경 씨가 무엇을 좋아할지 몰라서 보편적인 브랜드로 샀어요. 혹 마음에 들지 않더라도 내 성의로 알고 받아줘."

가끔 출장을 갈 때마다 장길수 씨는 내 선물을 이상할 정도로 챙겼다. 그가 귀찮은 일거리를 나에게 맡기고 도망쳐버리는 일에 대한 선물일 것이다. 그가 이런 식으로 진상을 숨긴 채 자상한 남자 역할을 하는 것이 너무 싫지만 나는 감정을 숨기기로 한다.

"정말 고마워요. 장길수 씨. 디올의 쁘와종은 내가 좋아하는 브랜드인걸요."

나는 생긋 웃었다. 디올의 쁘와종 따위를 내가 좋아할 게 뭐냐. 미스 윤은 부럽다는 듯이 말했다.

"장길수 씨, 정말 자상하고 부드러워. 집에서도 분명히 환상적인 남편일 거야. 모든 여자들은 그런 남편을 얻기를 원하죠."

30
자연에 대한 진숙의 생각

약속 장소에 내가 나갔을 때 이미 시간이 되어 있었지만 테이블에 앉아 커피를 홀짝거리고 있는 것은 진숙 하나뿐이었다. 진숙은 나를 보고 잠시 샐쭉하더니 이를 드러내며 귀엽게 웃었다. 역시 진숙은 진숙이다. 샘이 많고 감정이 가볍지만 길게 삐치거나 남에게 차가운 얼굴을 잘 하지 못한다. 나는 이해했다. 진숙과는 요 근래 몇 번 전화로 툭탁거린 일이 있으니 말이다. 오늘은 자연의 결혼에 대해서 소식을 나누기 위해 서란이 소집한 모임이었다. 사실 다들 서울에 살고 자유로운 독신 생활을 한다고 해도 각자의 스케줄이 바쁘기에 한 달에 한 번 모임에 다섯 명이 한꺼번에 나오는 것이 힘들었다. 하지만 오늘은 특별한 날이니까 아마 다들 나타날 것이다. 수줍음 많고 우리 중에서 유일하게 남자친구 한 명도 없었던(공식적으로는 나도 마찬가지지만) 자연이 결혼한다는 것이다. 자연은 우리들 중 서란과 가장 가까운 편이었다. 서란은 좀 차가워 보이기는 해도 이지적인 외모에 우리들 중 가장 부유하다. 서란은 자연에 대해서 어느 정도는 보호자의 심정을 가지고 있는 듯이 보인다. 사실 친구이기는 해도 우리들은 무지에 가까운 자연의 순진함을 아둔하다고 생각하는 편이었다. 그런데 서란은 달랐다. 자연은 묻혀 있는 보석 같은 아이라고 우리에게 말한 적이 있었다. 자연은 세 명의 남동생들의 학비를 혼자 대다시피 했다. 진숙의 해석에 의하면 이것은 이루 말할 수 없이 전근대적인 현상이다. 자연은 남동생들 학비를 대기 위해 스타킹 하나 제대로 된 것 사 신지 못하고 프랑스제 화장품 따위는 꿈속에서도 생각하지 못했을 것이다. 자연은 더 좋은 대학을 갈 수 있었음에도 불구하고 기숙사와 장학금을 제공받을 수 있는 지방의 국립대학으로 진학했다. 자연은 아직도 안경에서 벗어나지도 못했다. 콘택트렌즈는 부작용이 생기고 라식 수술은 비용이 드니 말이다. 진숙은 이런 점들로 미루어 자연이 아무래도 아이큐가 좀 떨어지는 것이 아닌가 생각하고 있다.

"내 생각은 그래."

진숙은 하얗고 통통한 손등을 보이며 레몬차를 젓고 있다.

"자연은 어리석은 거야. 자연의 둘째 남동생을 얼마 전에 청담동에서 만났는데."

진숙은 흥미진진한 화제를 시작하기에 앞서 침을 꿀걱 삼켰다.

"소나타를 몰면서 여자친구와 레스토랑에서 식사하고 나오더군. 어디로 봐서 그 누나의 지지리 궁상으로 대학원까지 졸업한 남자로 보이겠니. 멀쩡하기만 해서 무슨 부잣집 망나니 같기만 하더라. 뭐 내년에는 박사 과정에 들어간다면서. 그래서 부유하고 예쁜 여자와 결혼하겠지. 자연이는 뭐니. 그래, 이제 자연이도 결혼하고 잘 살겠지. 운이 좋았으니 말이야. 그렇지만 자연이의 이십대, 그 청춘은 어디에서 보상받니. 남들이 누리는 즐거움을 모두 외면한 자연이의 희생은 도대체 무슨 의미가 있느냐구. 남동생들이 그런 거 기억해줄 줄 알아? 어림없지. 그리고 기억해준다고 해도, 그게 자연이에게 무슨 의미가 있어. 형제들은 결혼하면 모두가 다 남의 식구야. 단지 딸로 태어났다고 해서 그런 희생이 당연시되는 것은 칠십 년대 버스 차장이나 공순이의 시대에서 달라진 것은 하나도 없잖아."

"하지만 자연이는 그 모든 것을 기꺼운 마음으로 했어. 이 세상에는 일방적으로 가난을 강요당하는 사람도 많고 부당하게 고아로 태어나거나 장애자로 태어나기도 해. 자연이의 가족 문제는 자연이 내부의 문제야. 자연이는 그것 때문에 괴로워하거나 투정하지도 않았어."

나는 진숙의 상투적인 페미니즘 강의가 지겨워져서 쏘아붙였다.

"자연의 가족들은 자연의 그런 희생을 당연시하는 부분이 있어. 나는 자연이도 자신의 인생을 향유할 수 있어야 한다고 생각해. 그 애는 맹추야. 막내는 의대에 다닌다면서. 의대 학비가 얼만 줄 알아? 자연이는 구두가 너덜너덜할 때까지 신고 화장품은 공짜 샘플만 쓰는데 그 남동생들은 왜 그렇게 공부 욕심이 하나같이 많은지. 이 사회에서 계층 이동은 거의 절대적으로 학력으로 인해서 이루어지지. 그래, 자연이의 남동생들이 모두 머리가 좋고 그냥 주저앉기에는 아까운 수재들인 것 나도 알아. 하지만 그건 자연이도 마찬가지였어. 자연이는 그 남동생들의 계층 이동을 도와준 거야. 비용으로 치른 것은 자연이의 인생이지. 자연이의 부모나 남동생들은 자연이를 당연하게 생각해도 누군가 자연이를 위해서 말해주는 목소리 하나쯤은 있어야 하는 게 아냐? 나는 지금 그런 뜻으로 말하는 거야."

31
나에 대한 미라의 생각

진숙은 자연의 결혼 소식에 배가 아파서 자연의 처지를 과장해서 비참하게 만들고 있는 것이다. 평소의 진숙을 알고 있다면 그런 추측이 전혀 어려운 것은 아니다.

"모르긴 몰라도 아마 자연은 결혼한 후에도 막내 남동생의 학비를 대줘야 할걸. 아직 졸업하지 못했으니 말이야."

진숙은 얄밉게 말하고 레몬차를 홀짝였다.

"쓸데없는 소리 그만해. 네가 진숙의 짐을 덜어주지도 않을 거면서 위로하는 척하면서 스트레스 주는 그런 말 제발 하지 마. 네가 가만있는 게 자연을 도와주는 거란 생각은 왜 안 하는 거니? 이제 자연이 왔을 때 그 앞에서 그 따위 소리 한다면 내가 용서 안 하겠어."

"너 왜 흥분하고 그래? 유경이 너 이상해."

"미안. 좀 흥분한 것은 사실이야. 하지만 내가 요즘 좀 예민해져 있어서."

"음, 미라에게 들었어. 너 요즘 뭔가 고민이 있다는 소릴 들었어."

"미라가 그런 말을 해?"

"그래. 저녁때 집까지 찾아오라고 심각한 말투로 부탁한 다음에 정작 찾아갔더니 괜히 핑계를 대면서 말을 하지 않더래. 캐물으니까 딴소리만 하더래. 뭐 선이 들어왔다고 하면서. 그래서 점잖게 속아주고 나왔대. 아마 말하고 싶지 않은 일일 거라면서. 하지만 대강 추측은 할 수 있다고 하더군."

"그래?"

나는 마른 입술을 냉수로 축였다. 마음속으로는 심각한 충격을 받았다. 그러면 미라는 아무렇지도 않은 얼굴로 속아준 것이란 말인가.

"그래, 내 고민이 뭐라고 그러든?"

"뻔하지 않겠냐고 하더군. 뭐 원하지 않는 남자관계 아닐까."

"뭐?"

나는 놀랐다. 미라는 무슨 근거로 그렇게 생각했을까.

"미라 걔가 눈치 하나는 비수잖니. 그리고 네 얼굴에 다 써 있다던데 뭐. 아참, 그리고 이런 얘기는 너에게 아는 척하지 말라고 신신당부하던데 말하는 것이 너에게 차라리 낫지 않나 해서 너에게 귀띔하는 거야."

진숙은 의기양양해했다.

"고마워."

나는 씁쓸하게 대꾸했다.

"근데 아직도 그 고민이란 것 말할 기분이 아니니? 지금쯤은 해결되었으니 말할 수도 있잖아. 혹시 아니. 내가 무슨 도움이 될지."

진숙은 가방에서 파우더를 꺼내 톡톡 두드렸다.

"물론 미라의 말에 의하면 너란 애는 대개의 문제에 대해서는 솔직하다 못해 용감하기까지 한데 정작 자신에게 갈등이 되는 문제에 있어서는 겉 다르고 속 다르고 도대체 충청도 사람도 아니면서 무슨 생각을 하는지 도무지 감을 잡을 수 없는 그런 이중인격자에 의뭉스럽기가 한도 없다니까."

"뭐야, 미라가 그렇게 말했어?"

"그럼. 내가 지금 강도를 상당히 약하게 옮기는 거야."

나에 대한 미라의 생각　179

"미라가 정말 그렇게 말했다고?"

"정말이라니까. 그러면서 말했어. 옛날에 내가 그 아저씨와 사귀고 있을 때 뒤에서 날 가장 욕한 게 너라면서. 머리 나쁘고 교활한 애들이 유부남을 골라서 사귄다면서. 그러면서 유경이 너는 유부남을 사귀게 되더라도 절대로 친구들에게 털어놓지 않을 타입이래. 약점 잡히기를 죽기보다 싫어하니까. 그리고 네가 말끝마다 네 가족을 욕하는 것도 보기 좋지 않더래. 좋으나 싫으나 네 가족 아니니. 너에게 직접적으로 피해를 준 것도 없고 자연이처럼 희생을 강요당한 것도 아닌데 단지 가치관이 다르다는 그 이유 하나만으로 가족에 대한 평가가 너무 가혹하대. 너 심성이 메말랐다는군."

"너, 점점."

"왜, 우리는 이러면 안 되니? 유경이 너는 남에 대해서 관용이란 손톱만큼도 없으면서, 언제나 비판만 하면서 너도 다른 사람에게 어떻게 보일까 생각해봐야 하지 않겠어?"

진숙의 말은 마디마디 야무지고 힘이 있어서 나는 반박하지 못했다. 여기서 진숙과 싸워봐야 그림만 우스워진다. 나는 꾹 참았다. 나에 대해서 진숙에게 그렇게 말한 미라도 서운했지만 그것을 얄밉게 옮기고 있는 진숙은 그녀의 완벽한 메이크업에도 불구하고 어찌나 징글맞아 보이는지. 그러나 참자.

오늘 저녁은 참고 집에 돌아가 거울을 보면서 화를 내는 거다.

32
자연의 순수한 남자에 대한 설명

"늦어서 미안해. 차가 너무 막혔지 뭐니."

서란과 자연과 미라는 동시에 도착했다. 자연과 미라가 퇴근 후 서란의 레스토랑으로 가서 함께 왔다고 했다. 그들이 도착했을 때 진숙은 언제나 당하기만 하다가 오랜만에 나에게 강펀치를 먹여서 아주 흡족해하고 있었고 나는 표정 관리를 하느라 얼굴 근육을 이리저리 만지고 있었다. 오늘 저녁은 무엇을 먹어도 소화가 될 것 같지 않다. 대화는 당연히 자연의 결혼으로 모아졌다. 아이들은 모두 호기심이 가득한 얼굴로 자연을 쳐다보았다.

"자."

서란이 먼저 말을 꺼냈다.

"자연아, 이제 얘기해봐. 모두 듣고 싶어 하잖아."

"서란, 네가 자연에게 소개시켜주었다면서. 그러면 너도 잘 아는 사람이었니?"

"오빠의 후배야."

서란이 짧게 대답했다. 어쩐지 그 이야기의 화자 역에서 빠지고 싶다는 억양이 뚜렷했다. 그리고 서란은 계속해서 자연에게 재촉했다.

"자, 자연아 얘기해봐. 유경이가 궁금해 죽으려고 한다."

"그 사람은, 정말 좋은 사람이야. 석은 씨는, 곧 결혼할 사람이지. 내세울 것도 없고 가진 것은 없지만 마음이 부자고 정말 투명한 가슴을 가졌어. 이 세상 뭐든지 있는 그대로 비쳐 보이는 그런 것 말이지. 그래서 결정했어. 나 사실 내가 결혼하리라고는 생각하지 못했던 것이 사실이야. 그런데 함께 이 세상을 헤쳐 나갈 사람이 생겨서 기뻐."

자연은 처음에는 수줍은 듯이 더듬거리더니 곧 뺨에 홍조를 띠며 열중하고 그리고 아주 열정적인 어조로 끝을 맺었다. '투명한 가슴'이라니, '있는 그대로 비쳐 보인다'니. 여자 중학생들이 쓰는 단어가 아닌가.

"가만, 가만 있어봐."

미라가 손을 들고 질문했다.

"가진 것이 별로 없다니. 너의 그 투명하신 남자가 얼마나 가난한지 투명하게 말해줄 수 있어? 지방 대학의 시간강사라고 들었는데."

"말 그대로야. 시간강사야. 그런데 조만간에 대학에 자리를 얻을 가망은 없어 보여. 그리고 아직 학위를 마친 것은 아니야."

자연은 솔직하게 털어놓았다. 그러나 별로 상심하는 것 같지는 않았다. 자연은 지독한 사랑에 빠졌거나 아니면 결혼에 대한 지독한 환상에 빠져 있음이 분명하다.

"그래? 그렇다면 어디서 살 건데?"

"독신자용 아파트를 얻어놨어. 미라야, 네가 뭘 걱정하고 있는 줄은 알지만 난 걱정 안 해. 우리는 다 잘될 거야. 우리는 서로에게 너무 큰 힘이 되고 있어."

"지금 청록파 시 쓰는 거야?"

이 말은 참다못한 내 입에서 나왔다.

"시간강사 수입으로 생활이 된다고 생각해? 아직 공부가 끝난 사람도 아니고 고작 지방대 학위를 가지고 어디에 갈 수 있겠어. 자연이 너 잘 생각해봐. 잘하면 고급 룸펜을 집에 들어앉히는 거라구. 학벌이 좀 딸리면 어때, 좀 못생기면 어떠니. 결혼은 좀더 현실적이 되어야 하는 것 아닐까."

"나도 그렇게 생각하고 있었는데, 유경아. 생각이 바뀌더라."

자연은 나를 바라보면서 차분하게 말했다.

"하지만 그 사람 공부해야 할 동생들도 있고 부모님은 빈농이라며."

감정을 절제하는 미라의 말.

"그래. 그리고 그 사람이 왜 너와 결혼하려 하는지 냉정하게 생각해봐야 해. 혹시 너의 직업 때문이 아닐까 하는 것."

진숙이 끼어들었다. 자연은 고개를 저었다.

"그건 너희들이 몰라서 그래. 너희들이 그런 감정에 빠져보지 못했기 때문에 그래. 너희들은 인간을 순수하게 생각하지 않잖아."

33
서란에 대한 미라의 생각

"그래, 맞아. 우리는 인간을 순수하게 생각하지 않아."

 나는 좀 열을 냈다. 나는 은연중에 동지라고 생각했던 한 명인 자연이 결혼을 결심함으로 해서 모두 각자 마음속에 흔들림과 갈등을 겪는 이 상황이 진부하고 비생산적인 낭비라고 느꼈다. 지금 자연을 둘러싸고 있는 아이들의 얼굴에는 결코 드러내 보이고 싶지는 않지만 오랜 시간 곱씹었을 고뇌의 흔적이 표정을 드러낸다. 아, 나도 이러지 말고 그들 중의 한 명과 결혼했어야 하는 것은 아닌가. 지금은 너무 늦지 않았을까. 지금 잘생기고 돈 많은 미혼 남자를 어디에서 찾는단 말인가. 별 볼일 없고 지지부진한 노예 상태로 사는 것이 결혼이지만, 그래도 자연도 하는데 내가 한 번의 경험도 없다는 것이 말이 되는가. 그런 부러움과 경탄과 동시에 뭐야 그런 남자와 결혼하다니, 고생문이 훤하군. 많이 배운 가난한 남자는 최악의 신랑감이지. 돈 대서 남자를 공부시키는 짓이 지겹지도 않나 하는 아주 세속적인 경멸까지.

"인간은 사회적이고 정치적이잖아. 결혼이라는 관계도 마찬가지야. 이십대에 하는 결혼과 삼십대에 하는 결혼은 다르다고 생각해."

"유경, 그만둬. 자연이도 그리고 우리도 바보 아냐. 그 정도는 이미 옛날에 마스터한 이론이지. 너희들 왜 그래? 왜 자연이의 순수한 결혼을 순수하게 축복해주지 못하는 거야? 마치 질투하고 있는 것처럼 보이잖아. 친구라는 것이 그래서 되겠니?"

서란의 이 말에 우리는 모두 한동안 말을 잊고 서란을 멍하니 바라보기만 했다. 순수한 결혼, 이라니. 우리 중 누구보다 현실에 날카로운 서란이 아니었나. 갑자기 서정적인 포즈를 취하다니. 결혼에 대해서 누구보다 냉소적인 서란이었다. 자기 자신뿐 아니라 우리들 중 누군가가 결혼한다면 가장 나서서 말릴 사람이라는 인식이 있었다. 남자들의 유아적인 성향과 경제적 무능력과 성적인 빈약함에 대해서도 독사같이 저주를 퍼붓는 스타일이었다. 평소에는 귀족적인 모습이었지만 술에 취하거나 감정이 격해졌을 때 자신이 일하는 레스토랑의 지배인에 대해서 '물건은 올챙이만 하면서, 다 썰어도 반 접시도 안 되는 걸 달고서 내시 대장처럼 거들먹거린다'고 눈썹 하나 까딱하지 않은 채 비난해서 우리를 놀라게 한 적이 있었다. 친구이기는 해도 우리는 서란에 대해서 아주 약간은 두려워하는 마음조차 가지고 있었다. 서란의 무서울 정도의 냉소가 그랬고 도대체 그 냉소의 원인이 어디에서 오는지 알 수 없기에 더욱 그랬다. 그런 서란이었다. 그런데 갑자기 순수한 결혼이라니.

"내 말을 들어봐. 난 자연이를 축복하자는 쪽이야. 자연이가 원하잖아. 같이 있으면 행복하다는데, 서로 위해주고 싶다는데, 거기에다 대고 돈이 어쩌고 직업이 어쩌고 시비를 거는 것이 이 세상 유일한 친구들의 태도라고 생각해?"

서란의 말은 교과서적이었다. 어쨌든 옳은 말이었다. 자연의 내부의 문제인 것이다. 자연이 가족을 위해 희생한 것도 자신의 선택이었다면, 이 결혼 또한 자신의 선택인 것이다.

"그래, 결혼식은 언제 어디서 하지?"

진숙이 이제 체념했다는 듯이 물었다.

"그래, 나도 사실 갈등 많이 했어. 너희들이 생각하는 것보다 더 많이. 하지만 그래서 내린 결론이야. 석은 씨는 다정한 사람이야. 너희들도 만나보면 좋아하게 될걸. 결혼식은 한 달 후야. 장소는 서란의 레스토랑이야."

"뭐, 한 달 후라고? 그렇게 빨리?"

다들 놀랐다.

"기왕 하기로 결정한 것, 시간을 끄는 것은 낭비일 뿐이잖아."

서란이 웃지도 않고 말했다. 서란이 말을 하면 이상하게도 아주 자연스럽고 당연한 것도 강박적인 힘을 갖는다. 집을 나올 때 전자레인지의 스위치를 끄는 것은 너무나 당연한 것이지만 일단 강박이라는 그물에 걸리게 되면 끊임없이 그것을 확인하고 싶어진다. 무서운 일이다. 열 번도 더 넘게 현관문을 열었다 닫았다를 반복하게 된다. 금방 확인한 것이 미덥지가 않다. 조금씩 초조해진다. 우리들은 시간 낭비하고 있는 것인가? 우리들은 예외 없이 비슷한 기분에 휩싸였다.

"오늘 서란은 좀 이상했어."

저녁을 마치고 집으로 돌아오는 길에 나는 미라와 함께 있었다. 우리 둘의 집 방향이 같았기 때문이다. 미라는 흥, 하고 코웃음을 쳤다.

"어쨌든 자연이 결혼하게 돼서 다행이야."

나는 공허하게 들리는 것을 느끼면서도 무엇인가 말해야 하기에 중얼거렸다. 운전을 하던 미라가 크게 웃음을 터트렸다.

"유경, 너 모르겠니? 나는 자연이 커플을 만난 적이 있어. 내 생각을 말해줄까? 자연과 결혼하려고 하는 남자는 얼마 전까지 서란의 정부였음이 분명해. 여러 가지 정황 증거들이 나에게 있지. 물론 직접 증거는 아냐. 하지만 나 미라의 예감은 지금껏 틀린 적이 없어. 난 지금 당장이라도 고학력 무당이 될 수 있다고 믿어. 그건 너도 알지? 서란은 말이야, 어쨌든 결혼이란 걸 해야만 하는 가난한 농부의 장남인 인텔리 정부를 위해서 신붓감을 찾아준 거야. 가장 덜 위협적인 존재로. 그게 바로 '순수한' 자연이지. 서란, 그 앤 마녀야."

그래, 그렇다면 이 모든 상황이 이해가 간다. 서란이라면 충분히 그러고도 남지. 홍, 순수한 사랑이라니! 이제 조금 위로가 된다.

34
넌 아무래도 남성 혐오증 환자인가 봐

"유경 씨, 나 아무래도 오늘 좀 일찍 퇴근해야 할 것 같아요."

장길수 씨가 심각한 표정으로 직원용 칸막이 뒤에서 말을 걸었다.

"그리고 자, 이건 커피."

역시 따끈한 갓 뽑은 커피를 나에게 내밀면서 상냥하게 말하는 것도 잊지 않는다.

"하지만 월말 통계 보고가 모레까진데, 내일까지 광견병에게 미리 보여주지 못하면 화낼 거예요. 나 혼자서는 무리예요."

"알아, 다 안다구요."

장길수 씨는 예상한 불평이라는 듯이 손을 내저었다.

"내가 내일 광견병에게 알아듣도록 말하겠어요. 정 안 되면 내일 같이 야근하면 되지 뭐. 오늘은 말이야, 집사람이 갑자기 몸이 안 좋다지 뭐예요. 지금 산부인과 병원이래. 유경 씨, 이럴 때 결혼한 남자들의 마음이 어떤지 알아? 내 여자가 나 때문에 겪는 건지도 모를 육체의 고통을 인내하고 있구나 생각하면 마음 한구석이 한없이 무거워지거든요. 이 못난 남자를 가장이라고, 아이 아빠라고 생각하면서 산부인과 진료 의자에서 다리를 벌리고 있구나 생각하면 담배를 피워 무는 게 나뭇잎을 씹는 것 같죠. 유경 씨는 이런 마음 알까. 아마 모르겠지. 아직 처녀니까. 뭐라고 설명할 수도 없어. 사람이 나이 들고 인생사를 겪어봐야만 알 수 있는 그런 공감대라고 할까요."

"알았어요. 할 수 없죠."

나는 머릿속에 쥐가 나는 것을 느낀다. 이 지긋지긋한 사탕발림과 핑계. 그리고 자연스럽게 들어가는 약간의 설교. 그러나 아프다는데 어쩔 것인가.

"그래 고마워요. 그리고 이건 광견병에게서 들은 건데 다음 달 초에 인사이동이 있을지도 모른다는군요."

"그래요? 부서간인가요? 아니면 지방 발령을 포함한 건가요?"

"원칙적으로는 부서간이지만 지방 발령을 일부 포함한다는 말도 있다는군요. 물론 뚜껑이 열려봐야 알겠지만. 재수가 없어서 지방으로 발령이 나버린다면 그야말로 낭패지요. 나 같은 경우엔. 임신한 마누라가 여기 있는데 어떻게 떨어집니까. 유경 씨야 상관없지 않나요. 혼자 몸이고 걸리적거릴 것도 없으니까."

나는 신경질이 치밀어 올라 눈썹이 확 곤두섰다. 왜 이 남자는 빨리 말을 마치고 떠나주지 않는 걸까. 이러고 있다가 다시 그의 아내에게서 핸드폰이라도 온다면 돌아버릴 것이다. 그리고 이 남자는 모두 당연한 얘기만 하는데도 이상하게 신뢰가 가지 않고 오래 얘기하는 것이 불편하기만 하다.

"물론 유경 씨는 지방으로 발령을 받을 일이 없죠. 이렇게 유능하고 총명한 데다가 아직까지 실수 하나 저지르지 않은 직원인데. 모든 사람이 칭찬하던걸요. 그러니 걱정할 필요가 없잖아요. 그리고 게다가 미인이기도 하잖아요."

점입가경이야 정말. 나는 흰자위를 치뜨고 장길수 씨를 노려보지 않을 수 없었다.

"쓸데없는 말 마세요."

"쓸데없는 말이라니, 나는 빈말은 안 해요. 나는 그런 거 모르는 사람이야."

그가 여기까지 말했을 때 진동 모드로 전환된 그의 핸드폰이 울렸다. 장길수 씨는 몸을 부르르 떨면서 주머니에서 전화를 꺼내 받았다.

"아아, 자기? 지금 병원에 있어? 음 나는 지금 막 출발하려고 해. 그러니 병원에서 기다리고 있어. 아아, 자기 울지 말고. 그러면 내 마음이 어떻다고 생각해? 그러니까 제발 눈물을 그쳐. 내가 총알같이 달려갈 테니까."

나는 자리에서 벌떡 일어섰다. 티슈를 뽑아가지고 화장실로 달려갔다. 도대체 구역질이 나서 견딜 수 없었다. 어쩌다가 저런 남자와 한 팀이 됐는지 모르겠다. 이리저리 요령꾼인 것보다 시도 때도 없이 핸드폰으로 통화하는 닭살 통화만큼은 들어주기 힘들었다. 물론 방법은 있다. 광견병에게 파트너를 바꿔주십사 부탁하면 고려해주기는 할 것이다. 그러나 마음에 맞지 않는 파트너라는 것은 어떻게 생각하면 당연한 일이다. 마음에 맞는 타인이란 것이 있겠는가. 파트너에게 맞추는 것도 일의 일부분이라고 생각했다. 내가 직장을 다니면서 만난 동료는 어떤 경우에도 불만족스럽지 않은 경우는 없었다. 머리가 돌대가리든지 아니면 게으름뱅이든지 고집쟁이든지 불평만 늘어놓고 일하기 싫어한다든지 뭐든지 명령하고 싶어 하는 타입이든지. 그래서 같이 일하는 동료가 바뀌거나 부서가 바뀌면 아, 이제 한시름 놓겠구나 했는데 그게 아니었다. 멀리서 그냥 인사로 스쳐 지나가는 것과 같은 팀이 돼서 곁에서 일하는 것과는 많이 달랐다. 그 차이가 때로 경악스러울 정도도 있었다. 그래서 얻어진 내 생각은 좋은 느낌을 가지고 있었던 동료와는 같이 일하지 않는 것이 차라리 더 낫다는 것이다. 백 퍼센트 이상 실망하게 되거나 다음에는 복도에서 만나도 인사조차 하고 싶어지지 않는 경우가 많았다. 갑자기 겁이 더럭 났다. 지난밤에 미라는 말했다. 내가 장길수 씨에 대해서 불평을 하니 "유경, 너 아무래도 남성 혐오증 환자인 것 같아" 하고. 나는 그런가? 여러 번 자문해봤지만 확신이 서지 않았다. 일 관계에 대한 이야기인데 왜 남성 혐오증이 나오지? 장길수 씨가 남자라서, 더구나 무능한 남자라서 내가 그를 더 혹독하게 평가하고 있다는 것이 미라의 해석이었다. 남자의 능력에 대해서 여자에게보다 더 많은 기대를 한다는 것 자체가 편견이라는 것이다.

35
또 다른 자유의 여자

화장실로 들어오는 여자들의 목소리가 들렸다. 나는 일어나려고 하다가 그들과 눈이 마주치면 인사해야 할 것이 귀찮아서 그냥 주저앉아버렸다.

여자1(이십대 중반쯤. 교양 없이 앵앵거리는 짜증나는 목소리. 여고 때의 성적은 죽어라 공부해서 중간쯤이고 편견에 쉽게 세뇌당할 것 같은 타입. 남자 앞에서는 일 년 내내 코감기에 걸려 있을 듯한): 미스 장 언니, 오늘 저녁때 스파게티아 가서 저녁 먹을까? 혜림이 생일이래. 걔가 쏘겠다는데. 아이

참, 왜 이렇게 드라이가 잘 풀릴까, 나는.

여자2(서른 살쯤. 여자1과는 대조적으로 한 옥타브 낮은 목소리. 여자1을 썩 마음에 들어 하고 있지 않음이 느껴짐. 하지만 비밀이 많고 소극적인 성격): 윤미 씨, 미안하지만 나 오늘 저녁은 약속이 있어.

여자1(화장실에서 물 내리는 소리를 내며): 어머, 아까는 아무 일도 없다고 분명히 그랬잖아.

여자2(아마도 거울 앞에서 멍하니 자신의 피부를 들여다보고 있는 듯. 아직은 아름답지만 얼마 지나지 않아 스러질): 갑자기 일이 생겼어. 어딜 좀 가봐야 해.

여자1(강한 호기심을 드러내며): 미스 장 언니, 남자친구 있어?

여자2(화들짝 놀라는 듯): 없어.

여자1(그 나이에 남자친구도 없냐는 듯한 가벼운 경멸을 숨기지 않으며): 그러면 갑자기 웬 약속이야? 이거 수상한데?

여자2(자존심이 상한 듯): 윤미 씨, 나는 상투적인 연애 같은 거 안 한다고 했잖아. 남자친구 같은 거 안 키워.

여자1(무슨 뜻인지 다 안다는 듯. 결국 요즘은 애인 없는 애들이 명분이 화려하다니깐. 동성애 추종자라느니 결혼 반대주의자라느니 계약결혼, 실험결혼만 하겠다느니 남자랑

잠은 같이 자도 연애는 하지 않겠다느니, 하이틴로맨스적인 환상을 갖지 않겠다느니, 결혼제도는 불평등하다느니. 결국 그런 애들은 다 위선자 아니면 바보였다. 여우같이 속마음을 숨기다가 최종적인 결론은 역시 돈 많고 사회적 지위가 있는 남자일 뿐이거나 아니면 마지막까지 아둔하게 굴다가 나이 들어서 쪽박 차는 케이스지. 늙어서도 비서할래? 한국에서 나이 든 여자 사무원 봤어? 그런데 이 미스 장 언니는 어느 쪽일까?): 그런데 무슨 갑자기 약속이야. 뭐 할 수 없지. 일부러 언니 끼워줄려고 한 거야. 하지만 역시 수상해. 남자가 아니라면 갑자기 향수는 왜 찾아 뿌리는 건데?

여자2(향수병을 가방에 집어넣는 소리 사납게 지퍼를 닫는다): 신경 쓰지 마, 윤미 씨. 윤미 씨야 운이 좋아서 그렇게 잘생긴 남자친구가 있으니 왜 이 세상 여자들이 연애에 안 빠지나 이상하지? 그런데 뭐 적성에 맞지 않는 사람도 있으니.

여자1(세면대 앞에 서서 손을 씻는다. 아마도 머리칼을 귀 뒤로 넘기며 좀 뻐기는 듯): 언니, 그러지 마. 언니가 진심이 아니란 것은 다 아니까. 그런 빈말해서 나 위로하려고 하지도 말아요. 어찌 된 남자가 원 헌드레드 데이를 챙길 줄 아나, 생일을 챙기기를 하나, 기념일 기억하나. 무심하기가 그지없어요. 아직 공부하고 있으니 직장 생활하는 내 고충을 전혀 몰

라. (이 부분에서 특히 코맹맹이 소리로) 계속해서 학교에만 다니고 또 앞으로도 그럴 거니까 또래 직장인들이 영업 뛰고, 상사에게 스트레스 받고 적은 월급에 청춘 바치는 거 그런 거 이해 못 하는 사람이야. 공부만 잘하면 이 세상 모든 것이 만사 오케이라고 아직도 믿고 있다니까. 왜 이런 말도 있잖아. 공부가 제일 쉬웠어요.

여자2(그까짓 삼류 대학 대학원생이 뭐 대단한 인텔리라고 학자연하기는. 그걸 자랑하고 싶어 환장하는 너도 대가리는 똑같다. 말끝마다 공부하는 사람, 공부하는 사람이래. 그리고 '공부가 제일 쉬웠어요'는 그럴 때 쓰는 말이 아니야. 너 아마 내가 오늘 만나는 남자가 누구인지 알면 놀래 자빠질 걸): 그래도 잘해준다니까 윤미 씨는 어쨌든 좋겠어(심드렁한 말투, 할 수 없이 장단맞춰준다는 식의).

여자1(온 화장실이 떠나가게 깔깔거리고 웃는다. 여자2의 어깨를 손으로 탁 치고 그녀의 팔짱을 끼는 듯하다): 언니는, 속으로는 안 그런 거 잘 알아. 언닌 여기 입사한 지 얼마 되지 않았지만 자유주의자로 알려졌잖아. 남녀 간의 일 대 일 관계에 구속당하지 않으려는 거 말야. 우리가 한심해 보이겠지? 나도 말이야, 내 남자친구가 바람나면 나도 맞바람 피우려고 생각하고 있어. 그리고 결혼하면 내가 요리하면 그 애가 설거지하기로 이미 약속이 되어 있어. 그러면 된 거지? 나도 구식 여자는 아니라고. 여자도 자유가 있어야 돼, 그치이?

그들이 화장실을 나간 다음 나는 밖으로 나왔다. 우웩! 토해버리고 싶어. 뭐 맞바람이 자유라고? 설거지를 하면, 그러면 신식이 되는 거야? 순 닭대가리 같으니라구. 그리고 그 음흉한 여자는 뭐야? 처음 듣는 목소리였는데.

그날 나는 처음 듣는 그 목소리의 주인공을 만날 수 있었다. 엘리베이터에서였다. 나는 한 시간 정도의 야근을 마치고 집으로 돌아가려는 참이었다. 그녀는 엘리베이터에 타고 있으면서 전화기로 통화하고 있었기 때문에 잘 알 수 있었다. "네, 네. 그럼요. 제가 그곳에 있겠어요. 아니요, 아무에게도 말하지 않았어요." 그리고 내가 주차장을 빠져나와 회사에서 두 블록쯤 떨어진 사거리의 신호등을 기다리고 있는데 그녀가 차에 올라타고 있었다. 그녀가 올라타고 있는 차는 1996년형 모리스, 뒷부분의 금빛 십자가 장식. 내가 잘 알고 있는 것, 길의 차였다.

36
딜도

 살아간다는 것은 밥과 권력을 위한 투쟁. 노력해야 한다.
 오랜만에 컴퓨터 앞에 앉아 일기를 썼다. 나는 사회봉사 단체에 가입한 것도 없고 종교도 없고 열광적으로 좋아하는 취미도 없고 애인도 없다. 내 존재의 대의명분이 없는 것이다. 내가 가지고 있는 장점이라면 죽도록 성실하다는 것이고 단점이라면 차갑다는 것이다. 아직도 불투명한 미래의 희망에 매달려 있다. 수의사, 동물 다큐 작가, 그리고 좀더 먼 미래에는 해양생물학. 남들이 여자로서의 인생이 끝난다고 평하는 서른세 살. 여전히 나는 그리운 것도 없고 사랑하는 것도 없다. 단지 성취하고 싶은 것만 있다. 행여 내가 벼랑에 굴러 떨어지게 될 때 나를 위로할 것이라고는 아무것도 없다. 서른세 살. 잘 살고 있는 것일까?

    회사에서 길을 실제로 마주칠 일은 거의 없었다. 길은 내가 일하는 곳보다 두 층이나 높은 곳에 있고 간부가 아닌 내가 직접 회의나 간부 모임에 참석할 일은 거의 없기 때문이다. 오늘 인사이동이 있었다. 기혼 여직원인 미스 박은 지방으로 발령을 받았고 곧 사직할 생각이라고 들었다. 그 밖의 다른 것은 없었다. 길은 나에게 복수하려는 의도로 유치하게 나에게 인사상 불이익을 주거나 하지 않았다. 내가 불이익이라고 느낀 것은 입사 동기인 장길수 씨가 나보다 먼저 승진한 것 정도다. 그러나 그 정도는 나만이 겪는 처절한 불이익이라고 할 수는 없다. 이렇게 생각하면서 나를 위로한다. 나는 같은 팀으로 일하면서 장길수 씨가 책임에 무성의하다는 것을 다른 사람에게 불평한 적은 없다. 어차피 오더는 같이 진행시켜야 하는 것인데 누가 더 많이 일하고 누가 더 적게 일하고 하는 것으로 불평하고 아우성치는 여직원들이 좋게 보이지 않았기 때문이다. 그러나 억울했다. 그러나 참았다.

    대개의 사람들은 여직원들에게는 외근이나 밤샘 작업을 시킬 수 없다고 생각해서 정말 생색나고 무리한 일들을 남자직원에게 당연히 부탁하고 했던 것이다. 그럴 리야 없겠지 하면서도 나는 혹시 내가 불이익을 받는 대상이 되지 않을까 걱정했던 것도 사실이다. 왜? 나는 잘못한 것이 없다. 적어도 조직 내의 책임에 대해서라면 떳떳했다. 그런데 왜 두려워했나? 길 때문에? 사무실 내에서는 반드시 여직원을 지방 출장소로 보내야 한다면 그건 내가 가장 적당하다는 말이 나온 적이 있었다. 어느 정도 지방 업무를 수행할 만큼 경력이 있으면서 능력도 있고 미혼인 여직원은 나뿐이기에 그렇다. 그러나 그런 일은 일어나지 않았다. 나는 이제 회사의 일과 길에 관한 것은 서로 별개의 것이라고 납득하고 있다. 그게 옳았다. 공연히 자기 비하가 심해져서는 안 된다. 나는 앞으로의 인생도 지금까지 그랬던 것처럼 커다란 행운이나 성공도 없지만 치명적인 파국이나 불이익을 겪지 않고 진행될 것으로 믿는다. 그 대신 한 발 한 발 앞으로 가는 거다. 그래, 그것은 지루할 것이다. 흥미진진한 일도 아닐 것이다. 내가 백 원만큼 일하고, 사회는 나에게 백 원을 지급한다. 남보다 앞서거나 불로소득을 얻는 일은 없을 것이다. 엘리베이터를 타고 싶다면 얘기는 다르지만 나는 다시 한 번 더 결심을 굳힌다. 혼자 가는 거다.

　사실, 오늘 금성의 전화를 받았다. 금성은 유럽 출장에서 돌아온 것이다. 나에게 줄 선물을 사가지고 왔으니 만나자고 했다. 나도 금성이 보고 싶기도 하고 길 때문에 마음이 우울하기도 했다. 심지어는 문득 '아니, 왜 길은 나에게 아무 소식이 없는 거지?' 하는 황당한 생각이 들기도 했다. 혹시 난 길과 연애하고 싶었던 것이 아닐까? 내가 길에게 솔직하지 못했던 것이 아닐까? 서로 바라는 것이 같았다면 나는 길을 비난할 자격이 없었다. 마음이 혼란스러웠다. 이런 기분으로 집에 빨리 돌아가서 혼자 저녁을 먹는 것은 싫었다. 그래서 금성을 만나기 위해 청담동으로 갔다. 함께 저녁을 먹는 자리에서 금성은 나에게 길쭉한 종이 상자를 건넸다.

"자, 풀어봐. 이걸 보는 순간 네 생각이 났어. 이미 갖고 있다고 해도 이것이 더 좋을 거야."

금성은 심각하게 말했다. 내가 종이 상자를 열고 있으니 그가 덧붙였다.

"혹시 웃거나 하지 마. 이건 진지한 선물이야. 난 농담하고 있는 게 아니라구."

상자에서 나온 것은 어두운 핑크빛 세라믹 재질로 된 길쭉한 물건이었다. 건전지는 따로 포장이 되어 있었다. 손잡이 부분은 짤막하고 둥그스름했고 파워 스위치가 달려 있었다. 반대 부분은 정말 길고 큼지막한 모양이었다. 끝에는 고무처럼 말랑말랑했다. 그리고 머리 부분에 엄지손가락 모양의 돌기가 나 있었다. 바로 남자의 엄지손가락 모양이다. 손톱 모양까지 사실처럼 만들어져 있었다. 딜도, 바이브레이터였다.

37
나는 나, 너는 너

 "난 말이야. 아무리 가까운 사촌이라고 해도 여자인 너에게 이것을 선물해준다면 네가 기분 상하지 않을까 생각 안 한 것은 아냐. 너는 어쩌면 이것을 이미 사용해봤을지도 모르고 혹 갖고 있을지도 몰라. 그리고 네가 언제나 쿨하게 굴지만 사실은 마음속 깊이 섹스를 무겁게 생각하고 있는 것도 다 알아. 하지만 역시 쿨하게 받아주었으면 해. 너에게 가장 적절하리란 생각이 들었거든."

 금성이 설명했는데 그 말을 듣자 이상하게 마음이 뭉클해졌다. 마음이 따뜻해졌다든가 하는 것은 아니고 뭔가 연민이 느껴진다. 고독을 담담하게 응시하는 그런 마음이다.

"이것 참 크다."

나는 웃었지만 눈물이 맺혔다. 나는 손에 들고 있던 그것을 얼른 상자 속에 넣었다. 아무리 용감하고 쿨하다고 평가받고 있지만 사람들로 가득한 레스토랑 한가운데서 딜도를 들고 흔들고 싶지는 않았다.

"너 우는 거니?"

"아냐. 감동해서 그래."

"별걸 갖고 그러네. 더한 것도 있었는데 나름대로 자제했는데."

"금성, 우리 한번 해볼까?"

"뭘?"

"섹스 말이야."

"뭐야?"

금성은 당황하더니 나에게 무안을 주지 않으려고 막 웃었다.

"나야 좋지. 하지만 넌 너밖에 다른 것에는 아무것도 애착을 느끼지 않잖아. 말하자면 사랑하지 않는 거지. 그런 정서, 내가 감당하기에는 좀 버겁지 않을까 싶다."

"그렇다면 할 수 없고."

나는 담담하게 거절을 받아들였다.

"그리고 금성 결정했니? 결혼 문제를 결정한다고 했잖아."

"아아, 그것."

금성은 수줍은 소년처럼 머리를 긁었다.

"사실은 생각이 좀 바뀌었어."

"어떻게?"

"뭐 그렇게 서두를 일은 아직 아니다 하는 쪽이지."

"음. 갑자기 그런 생각이 든 계기가 있을 것 같은데."

"사실은 그걸 산 곳이 스톡홀름이었는데 말이야."

금성은 딜도가 든 종이 상자를 가리켰다.

"거기서 어떤 여자를 만났어."

"음, 결국 그렇게 된 얘기로군."

나는 그럴 줄 알았다는 듯이 고개를 끄덕였다

"유럽인? 미국인? 아니면 일본인? 중국인? 현지인일까 아니면 관광객? 베트남인 2세? 아니면 랩랜드 사람? 에스키모?"

"놀리고 있군. 다 틀렸어. 한국인이야, 유학생이고."

금성의 목소리는 낮았다.

"그녀는 또 어떤 기가 막힌 매력을 가지고 있었지?"

"하하, 평범해. 너 이상으로."

"의외로군."

나는 고개를 갸웃했다.

"외모도 평범하고 성격도 유난하지 않고 엉덩이도 처지고 안경까지 쓰고 있다구."

"뭐야, 설마 농담이겠지."

"그렇지 않아, 유경. 이건 좀 이상한 얘긴데, 나 그녀를 만나고 나서 마음이 두 배는 더 평화로워졌어."

"그게 전부야?"

"음. 그게 전부야."

금성은 미소를 지었는데 그것은 너는 절대로 이해하지 못하겠지 하는 의미로 보였다.

"다음 달에 그녀가 한국에 오기로 했어. 만일 오지 못한다면 내가 가겠어."

"금성, 너 진심이구나."

"그럼. 나는 언제나 플레이한다고만 생각했군."

"그럼 A와 B는 어떻게 되는 거야?"

"그녀들에게 무슨 변화가 일어나야 하는 것은 아니지. 적어도 아직은."

"……."

"잠시 생각에 잠기는 시간을 더 벌고 싶어진 거야. 스톡홀름의 그녀는 나에게 생각할 시간을 더 가지라는 인스피레이션을 준 거야. 결정하는 데 적령기란 없으니까."

"그래."

"그렇다고 해서 유경, 어느 날 갑자기 내가 마치 성철 스님이라도 된 것처럼 그런 눈으로는 보지는 말아줘. 부담스러우니까."

"여자는 여자고 남자는 남자다."

"나는 나고 너는 너다."

"건배하자."

"그리고 다음 주쯤에 약속했던 대로 내 친구들을 소개시켜 주고 싶어. 네 친구들을 만나는 날이 언제지?"

"그 애들은 연락하면 주말에는 괜찮을 거야. 사실은 친구들 중의 한 명이 곧 결혼하게 됐거든. 그래서 선물을 결정하기 위해 한번 만나야 해. 그때 약속을 잡지 뭐. 내가 연락할게."

우리는 와인을 한 잔씩 더 마셨다. 금성이 나를 노골적으로 동정한다면 절대로 만나지 않을 생각이었지만 금성은 그러지 않았다. 사촌에게 딜도를 선물 받고 눈물을 보이고 섹스를 거절당했지만 어쨌든 나는 오늘 일기에 별 다섯 개를 주고 싶다.

38
독신 어리광

　점심시간에 자동차 할부 대금 마지막 분을 결제하기 위해 은행에 갔다. 이백만 원이다. 이것으로 자동차는 완전히 내 것이 된 것이다. 물론 지독하게 고물이 되었지만 말이다. 범퍼에는 푹 들어간 자국이 있고 담벼락에 스친 흔적이 두 군데나 있고 누군가 동전으로 긁어서 선팅을 벗겨놓았다. 돈을 투자한다면 고칠 수 없는 것은 아니다. 하지만 지나치게 외관을 중시할 만큼 멋들어지고 값비싼 차는 아니고 무엇보다도 그럴 만한 돈이 없다. 이백만 원을 모으기에도 벅찼다. 점심시간이 끝나가고 있었기 때문에 서둘러야 했다. 내가 은행을 빠져나가려고 몸을 돌렸을 때 어디선가 본 듯한 얼굴이 나를 보고 아는 척을 했다. 기묘한 얼굴의 젊은 남자였다. 일부러 빚어놓은 듯이 하얗고 맨들맨들한 얼굴이다. 툭 불거져 나온 광대뼈나 움푹 파인 뺨의 그늘이나 거뭇거뭇한 기미와 수염 자국이나 보기 싫은 주름살이나 불규칙하고 거슬리는 턱의 선이나 어느 것 하나 보이지 않는 기묘한 얼굴이다. 게다가 그 피부의 윤기라니, 버터나 참기름에 막 담갔다가 말끔하게 기어 나온 밀가루 반죽을 연상시켰다. 그런 남자가 벙긋 웃으며 나에게 다가와 손을 내밀었다.

"아니, 이런 데서 만나다니요. 인사도 못 드리고 죄송합니다."

"무슨 말이세요? 사람 잘못 보셨군요."

"사람을 잘못 보다뇨, 처형 아니십니까?"

"처형이라니, 무슨."

"저, 전 미경이 남편이에요. 정준도라고 합니다. 그때 결혼식장에서 뵈었잖아요. 그동안 전 대만에 가 있느라 뵙지도 못했죠."

"아아 그랬나요?"

나는 멍하니 은테 안경의 그 맨질이 얼굴을 쳐다보기만 했다. 하지만 지금은 시간이 없다. 광견병이 지랄할 것이 뻔하다.

"전 지난주에 돌아왔으니 조만간 미경이와 함께 인사 겸 찾아뵙도록 하죠."

정준도는 내 급한 마음을 아는지 모르는지 느릿느릿한 말투로 그칠 줄 모르고 계속했다.

"인사라니 무슨 뚱딴지같은. 난 일없으니 둘이서 잘 사세요. 난 너무 바빠서요."

"아니 그래도 차 한잔 정도는 해야 하지 않겠습니까. 미경이 사는 것에 대해서 듣고 싶지도 않나요?"

"난 바쁘다니까요."

"그럼 할 수 없군요."

그제야 정준도는 아쉬운 표정으로 물러났다. 나는 공연히 화가 치밀어 올라 빠른 걸음으로 에스컬레이터를 향했다. 하필이면 저 사람을 마주칠 게 뭐람. 시내 한가운데에 있는 은행이다. 수많은 사람들이 드나들고 있으니 아는 사람을 만나는 것도 이상할 것은 없다. 차라리 교진을 만난다면 더 좋을 텐데. 나는 에스컬레이터에서 엇갈려 지나가는 사람의 얼굴을 교진이라고 생각하면서 흠칫 뒤돌아보았다. 그러나 그 사람은 이미 저 멀리 아래로 내려가는 뒷모습만 보일 뿐이다. 그렇게 생각하고 보아서 그런지 그는 정말로 뒷모습이 교진을 닮기는 닮았다. 그러나 너무 빠른 시간이었다. 나는 한숨이 나왔다. 내가 아무래도 머리가 어떻게 된 것이 틀림없어.

왜 이렇게 한심한 생각에 빠지는지 알 수가 없다. 교진에 대한 감정은 아무것도 남아 있지 않다. 그도 그럴 것이다. 그는 심지어 나에게 전화 한 통 없지 않은가. 무슨 미친 짓인가. 유경, 정신 차려. 무슨 바보짓이냐.

"독신자들끼리 파티를 하는 거야."

진숙의 들뜬 전화가 퇴근길의 나를 잡았다.

"서란의 레스토랑에서 하는 거야. 어때? 서란이 얼마 전에 근사한 새로운 요리사를 고용한 것 너 모르지? 그 사나이의 마늘 소스가 기가 막힌다니까. 비용은 그쪽과 우리가 반씩 부담하기로 하고. 얘, 듣고 있는 거니?"

"뭐 재미있겠구나."

나는 전혀 재미있지 않다는 투로 대꾸했다. 사실이었다. 즐기기 위해서 독신을 선택하는 사람도 있겠지만 난 아니다. 시간이 지나갈수록 사람을 만나는 것이 시간 낭비라는 생각에 사로잡힌다. 그룹 미팅이나 직원들 간의 단합회나 각종 친목회나 동창회나 교회 성가대 모임이나 영화 동호회나 스포츠클럽이나 많은 독신자들은 그것들 중의 한 가지 일에 열심인 경우가 많다. 독신의 시간을 결혼하기 전의 잠시 있는 대기 상태 정도로 생각하는 사람이나, 막연히 결혼을 위한 결혼이라면 굳이 하지 않겠어, 라고 생각하는 낭만주의자나 모두 마찬가지다. 그중에는 퇴근 후의 남는 시간을 유용하게 보내겠다는 생각도 있지만 동시에 절대 그럴 일이 없을 거라고 생각함에도 불구하고 내가 시내에서 우연히 교진을 마주치게 되기를 바라고 있는 것이나 마찬가지일 것이다. 독신자에게 필요한 것은 경제력과 취미와 이성 친구라는 것은 이제 상식이다. 뉴욕의 여피족처럼 사는 사람들도 실제로 있을 것이다. 그러나 나는 독신을 선택한다는 것은 고독도 동시에 선택하는 것이라고 생각한다. 그러므로 만일 고독하다면, 그것을 말없이 견뎌야 한다. 그렇지 않다면 어리광에 불과하다. 가소로운 웃음이 나온다. 내가 대학을 갓 졸업했거나 한다면 이런 나 자신에게 좀더 관대할 수 있다. 그러나 지금은 아니다. 나는 누구보다도 현실을 잘 알지 않는가. '아이 참, 왜 내 눈에 차는 남자가 없는 거지? 운명처럼 다가오는 사람이 아니라면 결혼하지 않을 거야' 하면서 아직도 어리광을 부리고 싶다면, 독신을 선택하지 않는 것이 낫다. 독신 어리광은 '우리 남편은 왜 언제나 양말을 세탁기 앞에 얌전하게 벗어놓는지 모르겠어요. 세탁기 안에다 넣어만 준다면 내가 훨씬 행복할 텐데……' 하는 주부 어리광이나 '짧고 부담 없고 멋진 연애에 빠지고 싶어, 잉' 하는 사십대 기혼 남자의 어리광만큼 끔찍하다.

39
2PAC

일주일에 세 번 있는 수업을 듣기 위해서 학교에 갔다. 시험이 끝난 후 처음으로 오는 학교다. 뭐니 뭐니 해도 야간 강좌의 수업 시간만큼 피곤한 일이 있을까. 정신이 멍해진다. 수업이 끝난 후 수의학 교실 앞 계단에 앉아 담배를 피우고 있었다. 그때 2PAC이 다가와서 말을 걸었다.

"기생충학 노트 필기 좀 보여주시겠어요?"

나는 고개를 저었다. 나는 원래 노트 필기를 잘 하지 않는다. 교수들이 말하는 것은 수의기생충학 개론서에 다 나와 있는 것들이다. 문제는 그 많은 것들을 어떻게 다 외우느냐 하는 것이지. 나는 교재에 집중하는 편이다. 노트 필기는 너무 팔이 아파. 워드프로세서 이후로 연필로 무엇을 쓰는 일이 없으니 당연하지 않은가. 나는 이런 것들을 설명해주려고 했으니 너무 피곤해서 한숨만 나왔다.

"난 원래 필기 안 해."

2PAC은 이어폰을 귀 뒤로 넘기고 있었다. 갑자기 생각이 났다. 이 아이는 노트 필기 때문에 찾아온 것이 아닐지도 몰라.

"말보로 레드, 피울래?"

나는 담배를 그에게 내밀었다.

"난 담배 안 피워요. 잠시 앉아도 돼요?"

나는 그러라고 했다. 담배 한대를 다 피울 때까지만 앉아 있을 생각이었다.

"기생충학 스터디 하는데 같이 안 하실래요?"

2PAC이 말을 걸었다.

"난 바빠서 스터디 같은 것을 할 수가 없어. 직장을 다니고 있거든."

2PAC은 아주 실망하는 표정을 지었다.

"그러면 좋아하는 랩퍼가 누구예요? 난 대부분의 시디를 갖고 있어요. 빌려드릴 수 있는데요."

"난 랩 같은 거 아주 싫어해."

"그럼 뭘 좋아하는데요?"

음악에 대해서는 심각하게 들어본 적도 없고 내 취향에 대해서 생각해본 적도 없다. 나에게는 너무 한가한 이야기다. 그러나 나는 옛 생각을 짜내어 말했다.

"마리아 칼라스."

"그게 누군데요?"

2PAC은 대화가 트이자 신이 나서 열렬히 물었다.

"옛날에 아주 유명한 여자가수였어."

"아, 그러면 머라이어 캐리 같은?"

"그렇다고 할 수 있어."

나는 길게 얘기하는 것이 귀찮아 담배를 비벼 끄고 자리에서 일어났다. 이제 갈 생각이었다.

"배고프지 않아요? 라면 먹으러 갈래요?"

2PAC은 따라 일어서면서 물었다.

"바보 같은 소리야. 이 시간에 라면 따위를 먹으면 내일 아침이면 체중이 일 킬로는 늘어나 있을걸."

이렇게 대꾸했지만 나는 결국 2PAC을 따라 학교 앞 스낵바로 가서 라면을 먹고 말았다. 2PAC은 라면과 소시지 구이와 튀김만두 두 개를 더 먹었다. 왕성한 식욕이었다. 2PAC의 몸매는 아도니스처럼 완벽한데 어째서 그럴 수 있을까.

"맥주 마시러 갈래요?"

"안 돼. 난 내일 출근해야 하고 할 일도 많아. 술 마실 수 없어. 운전도 해야 하고."

"그러면 게임하러 가는 건요?"

"난 인터넷 게임 해본 적이 없어."

나는 한숨을 쉬었다.

"주말에는 수의학 교실에 공부하러 안 나오시나요? 그러면 내가 모은 기생충 슬라이드 필름을 보여드릴게요. 내가 가장 많이 가지고 있는걸요."

"난 원래 집에서 공부하는걸."

"그러면 저어, 주말에 집으로 전화해도 돼요? 괜찮다면요."

"글쎄."

"머리카락 만져봐도 돼요?"

"너는 요구하는 것이 왜 그렇게 많아?"

나는 마침내 화를 내고 말았다.

40
나는 이제 니가 지겨워

"돈이 아주 많거나, 아주 특별한 행운이 찾아온다거나 눈이 번쩍 뜨일 만큼의 끝내주는 남자를 만나 어느 날 갑자기 불같은 사랑에 빠진다거나, 뭐 그렇게 재미있는 일 좀 없나? 지겨워 죽겠다."

퇴근 후 만난 미라와의 저녁 식사 자리에서도 진숙의 자기 연민은 계속됐다.

"그래, 생각해봐라. 빤한 월급 말고는 나에게 아무것도 없어. 서란이처럼 부자도 아니고 미라처럼 언제나 추종자들에게 둘러싸인 것도 아니고 유경이 너처럼 죽어라고 매달리는 공부도 없고 하다못해 자연이처럼 시집갈 생각에 들떠 있지도 않고. 가끔 너무 권태로워 미치겠어. 나는 이러다가 그냥 죽을 건가 봐. 내가 무엇 때문에 아직까지도 결혼하지 않고 이 어영부영한 나이까지 왔는지, 누군가에게 속은 것 같다니까."

"추종자가 있으면 뭘 해? 이제 아무런 감정도 생기지 않아."

미라가 남의 일처럼 대수롭지 않게 말하고 스파게티 가락을 둘둘 말아 입에 집어넣었다.

"그래서 나 생각한 건데, 외국으로 가볼까 생각해."

진숙은 약간 비장함이 감도는 목소리로 말했다.

"외국? 지난겨울에도 동유럽에 갔다 왔잖아."

"관광을 말하는 것이 아냐."

"뭐 그럼 유학을 가겠다고? 그러면 직장은?"

내가 놀라서 물었다. 진숙의 가정 형편은 그다지 넉넉한 편은 못 되었다. 진숙이 보탤 필요까지는 없지만 절대로 기댈 수 있는 형편은 아니었다. 진숙이 직장을 그만둔다면 그녀는 얼마 안 되는 저축을 까먹고 살아야 하는 것이다.

"그게 아니야, 유경. 나 사실은 캐나다 이주를 생각하고 있어."

나와 미라는 모두 입을 다물었다. 진숙은 미용 기술자나 컴퓨터 프로그래머도 아니고 반정부 단체에서 활동한 망명객도 아닐 것이다. 진숙이 이주한다면 당장 비영어권 이주자를 채용하는 닭고기 통조림 공장이나 교포가 운영하는 슈퍼마켓 캐셔밖에는 일할 곳이 없는 것이다. 말하자면 한국어라는 소수 인종의 언어를 사용하는 삼십대 여자 노동자 역할밖에는 주어지지 않을 것이다. 성공하기에 진숙은 너무 나이가 많았다.

"큰아버지가 그곳에 살거든. 물론 이곳에서처럼 대우받는 일은 하지 못하리란 걸 잘 알아. 하지만 마음을 굳혔어. 가서 돈을 벌겠어."

"그건 현명한 생각이 아니야."

미라가 입을 열었다.

"결국은 돈이 있어야 성공할 수 있거든. 인생이든 연애든."

진숙은 단호하게 말했다. 그리고 나를 보았다.

"난 유경이 네가 언제나 지나치게 냉정하고 야멸차게 군다고 서운해했었어. 지금도 그 생각은 변함이 없어. 하지만 너에 비해서 난 너무 나이브했던 것이 아닐까 생각할 때가 있어. 내가 보고 싶은 방향으로 보았던 거지. 돈을 모은다면 야간 대학이라도 다녀봐야지. 뭔가 길이 있지 않을까. 어느 순간부턴가 난 참을 수 없을 것 같아서. 내가 쓸모없는 존재라는 생각에서 벗어나기가 힘들었어."

우리 세 명은 반쯤 넘게 남은 스파게티 접시를 앞에 두고 멍하니 야경을 내려다보고 앉아 있었다. 미라가 말했다.

"우리 이러고 식사하는 것을 누군가가 본다면 아주 근사한 여자들이라고 생각할 거야."

그 말은 맞았다. 그곳은 여의도의 한 스카이라운지에 자리 잡은 근사한 회원제 레스토랑이었다. 미라는 그곳의 멤버십 카드를 가지고 있었다. 우리는 다 옷과 구두 핸드백을 비교적 고급품으로 가졌고 대학 교육을 받았고 지성인으로 보이는 외모를 가졌다. 다들 그럴듯한 직장을 갖고 있었고 미장원에서 세팅한 헤어스타일을 하고 있었다. 모두 혼자 살고 있으며 무엇보다도 중요한 것은 일단은 모두 '선택한 독신'이라는 점이다. 독신이지만 처녀가 아닌, 언제나 손가락 하나 까딱하면 따라올 남자가 대기하고 있는 듯한 분위기의 여자들. 그러나 결코 품위를 잃지 않는. 여기까지만 말하면 우아한 독신 계층의 홍보 문안으로 들릴 것이다.

그러나 예를 들어서, 진숙은 옛날부터 자신의 이름이 촌스럽다고 생각해서 부모에게 앙심을 가졌다고 한다. 진숙은 앵앵대는 성격이지만 학교 때는 우등생이었다. 그녀는 자신의 수입 중 단 한 푼도 가난한 부모를 위해서는 쓰지 않는다. 물론 결혼한 언니와 남동생이 있기는 하지만 그들도 결코 여유 있지 못하다. 사치스러운 브랜드에 대해서 진숙은 우리 중 가장 욕심이 많았다. 돈을 아무리 벌어도 언제나 부족한 것도 당연하다. 아름답고 부유한 미라는 정도가 심각한 불감증이었다. 미라에게 남자는 어디까지나 허영의 대상일 뿐이었다. 미라의 좋은 점이란 자신의 문제를 가지고 응석을 부리지 않는다는 것이다. 그녀는 한 남자를 선택해서 결혼하는 것은 심각한 손해라고 생각하는 편이다. 손해. 미라의 키워드가 된다. 모든 것에서 손해를 보기 싫은 것이다. 감정의 손해, 자존심의 손해, 정서의 손해, 정체성의 손해, 나르시시즘의 손해.

지금 당장 나에게도 꿈이 있다. 탈한국(脫韓國)도 아니고 돈도 아니고 프라이드도 아니다. 바로 웨이터가 서 있는 저 문으로 누군가가 걸어오는 것이다. 근사하게 옷을 차려입고 있는 척하는 계급의 그런 사람이. 상대편보다 잘났다고 생각하는 거드름과 자신이 아주 중요한 일을 하는 존재라는 오만한 관용으로 뭉친 사람이. 그리고 나를 쳐다본다. 헤게모니의 승자가 된 자신만만한 미소를 띠고. 바로 그 순간 그 사람에게 아주 쿨하게 말해주는 것이다. 한 치의 망설임 없이.

나는 이제 니가 지겨워, 하고.

41
脫戀愛主義

"넌 그사이에 무슨 일 없었어?"

미라가 물었다. 미라와 진숙은 그다지 내 정직한 대답을 기대하지는 않는 것으로 보였다. 그냥 물은 것이다. 우리는 네가 뭔가 숨기고 있다는 것을 다 알아, 넌 언제나 감정을 숨기지, 하는 식으로. 그러나 나는 대답했다.

"회사의 상사인 사람과 실수로 성관계를 가졌어. 술을 마신 다음 그 사람이 집에 데려다 준다는 것을 거절하지 못한 것이지. 그게 한 번도 아니고 두 번이나. 그리고 그 사람이 정기적인 섹스 파트너가 될 것을 요구해왔는데 거절했어. 그랬더니 그 사람은 나에게 했던 것과 같은 방법으로 회사의 다른 여비서에게 접근하고 있어. 그게 전부야. 뭐 별로 심각한 것은 아니니까."

진숙의 눈이 둥그레졌다.

"유경, 네가 실수로 그랬다니 믿어지지 않아. 갑자기 네가 인간적으로 보인다."

미라는 현실적이었다.

"데이트 강간이었단 말이니? 임신이나 성병은?"

"운이 좋았어. 그런 것은 없고 난 내가 흔들렸다는 사실이 죽도록 부끄러웠어. 그걸 인정하기 싫었을 뿐이야."

"그건 무슨 뜻이니, 유경?"

"그건, 그 사람은 일단 나보다 지위가 높고 나보다 부자일 것이고 유능하고 당연히 엘리트이고 게다가 잘생기기까지 했어. 젊은 나이에 그런 자리까지 오른 몇 안 되는 사람 중의 하나니까. 그러므로 나는 은근히 그런 사람과 연애하게 되는 것을 꿈꾸었던 것 같아. 결혼에 대해서는 어차피 생각이 없으니 그 사람이 기혼이라는 것도 전혀 문제되지 않았어. 그냥, 그런 사건 하나가 있어야 하는데, 그 사람이 적절했던 거지. 허영심도 충족시켜주고. 그런데 왜 거절했을까. 나는 속마음으로는 그 사람이 싫었어. 내가 그 사람을 이용하는 것처럼 그도 나를 이용하려는 것에 불과해. 그런데 그 사람이 가지고 있는 것들이 나에게 그 싫다는 것을 솔직하게 표현하게 만들지 않았어. 나는 질질 끌면서 어쩌면 즐기고 있었는지도 몰라. 한동안은 혼란스러웠는데 이제 정신이 들었어. 나 봐, 차분해졌지."

"진심이야? 믿어도 되니? 그 말. 이제 진정이 되었다는 그 말."

미라가 날카롭게 추궁했다.

"그럼."

"그 남자가 다른 여자를 만나는 것을 알고서 제정신을 차린 거야?"

"그런 것은 아냐. 난 그 사람이 어떤 사람이다 하는 것을 잘 알고 있었어. 본능적으로 알게 되는 것, 있잖아. 내 마음속에 덕지덕지 묻어 있는 허영심과 낭만주의를 제거하는 시간이 필요했던 거야."

"음, 그랬었군."

진숙이 알았다는 듯이 고개를 크게 끄덕였다.

"그러니까 생각 외로 물건이 작아서 시시했다는 그런 얘기는 아니지?"

"글쎄, 그런 문제는 이 자리에서 뭐라고 말할 수 없어."

"기집애. 여전히 비밀을 가지는군."

진숙은 서운해했다.

나는 가끔 생각한다. 아마 곧 교진은 나에게 전화할 것이다. 그런 강렬한 예감이 들었다. 그러면 우리는 만날 것이다. 다른 사람들이 흔히 그렇듯이 술을 마실 것이다. 지나간 얘기를 하겠지. 그리고 한 번쯤 더 만날지도 모른다. 그리고 교진은 술을 빙자해서 나와 자고 싶어 할 것이다. 아니면 내가 교진과 자고 싶어질 수도 있다. 어쨌든 사람이란 섹스를 해야 살아지는 것이 아닌가. 나에게 교진이 길과 다른 점이 무엇인가. 그들은 비슷한 또래의 남자들이고 아마도 사십대 우울증을 겪었을 터이고 한때 청춘의 열병이 그랬듯이 여자와의 관계가 개입하는 문제라는 것도 알아버렸을 터였다. 남자란 어쨌든 사정을 해야 살아지는 것이 아닌가. 그래서 그들은 주변을 둘러보았는데 나와 눈이 마주친 것이다.

나에게 교진과 길이 다른 점이 무엇인가. 없다. 마찬가지로 그들에게도 나 역시 자유주의자인 삼십대 여자로 보였을 것이다. 그러나 그럼에도 불구하고 나는 친구들에게 얘기하는 순간 나 역시도 길에게 상당히 끌리고 있었음을 인정하지 않을 수 없었다. 나는 어느새 길의 모든 오점을 눈감아주고 있었다. 가슴에서 뜨거운 것이 치밀어 올랐다. 인격자나 도덕군자하고만 같이 잘 수는 없지 않은가. 이 세상 누가 완전한 인격을 가졌을까. 나 자신도 도덕보다는 스스로의 열정을 선택하지 않았는가 말이다.

그때 갑자기 내 전화가 울렸다. 나는 망설였다. 이 상황에서 전화를 받을까 말까. 그러나 친구들과의 모임을 주선하고 있는 금성의 전화일 수도 있다. 그럴 리는 없지만 혹시 사무실의 문제일 수도 있으며 아주 급한 일일 수도 있다. 문득 든 생각은 2PAC이 아닌가 하는 것이다. 그러나 이상하게 받기가 싫었다. 미라가 대신 내 전화를 받더니 나에게 건네주었다.

"너를 찾는데, 남자야."

미라의 눈빛은 너 아직도 우리에게 속이고 있는 것이 있지? 하는 듯했다. 내가 전화를 받으니 그것은 예상한 대로 길의 목소리였다. 나는 네, 네 하고 짧게 대답했다. 마음은 간절했지만 이상하게 침착해졌다.

미안하다. 내가 잘못했지만 만나고 싶다. 널 생각한다.

길은 그렇게 말했다. 물론 과장과 거짓말일 것이다.

전화를 끊으면서 나는 다짐했다. 나에게 길이 어떤 '존재'가 아니라면 길을 만나는 것을 두려워 피할 필요는 없다. 때로 나도 남자가 그리운 밤이 있다. 진짜 섹스가 하고 싶어지는 것이다. 길이라도 괜찮고 교진이라도 상관없다. 아, 어쩌면 2PAC이라도 상관없을 것이다. 그들은 나에게 정도의 차이일 뿐 어차피 마찬가지인 사람들이다. 대개 미덕이라고 생각되는 것들, 더 마음이 끌린다거나 나를 더 생각해준다거나 도덕적으로 장애가 없다거나 순수하다거나 심지어는 사랑한다거나 하는 것은 모두 다 무의미한 핑계일 뿐이다. 결국 인간은 자기 자신 말고는 아무것에도 관심이 없기 때문이다. 섹스에 명분은 필요 없다. 사랑하지 않는 섹스에 죄의식을 느낄 필요도 없다. 길이 어떻게 생각하고 있건 그건 내가 알 바 아니다. 그는 그의 입장에 나는 나의 입장에 충실할 것이다. 아무런 감정도 책임도 과장도 미화도 없는 진짜 섹스 말이다. 가족처럼 친숙한 사람과 하는 것이 아닌, 아버지나 오빠와 같은 보호자도 아닌 정서적으로 지극히 낯선 사람과 하는 그런 섹스. 바이브레이터로 하는 것이 싫을 때가 있다. 사람과 하고 싶을 때가 있다. 섹스가 끝난 다음에 굳이 쫓아내지 않아도 자기 와이프가 기다리는 집으로 얼른 사라져주는 그런 건실한 사람과.

"누군데 그래?"

"길."

나는 짧게 대답했다.

"만나러 간단 말이니?"

미라는 디저트로 나온 케이크를 한 입 삼키다 말고 나를 보았다. 그때 미라의 눈빛이 흔들렸다. 미라는 드디어 나에 대한 사실 한 가지를 알게 돼버린 것 같았다.

"그런 거구나."

미라는 포크를 내려놓았다.

"마음을 정리했다고 하지 않았어?"

진숙이 궁금하다는 듯이 물었다.

"그와 관계를 갖기로 마음을 정리했어."

"그를 사랑해?"

"무슨 바보 같은 소리."

나는 코웃음 치면서 일어섰다. 세트 메뉴의 마지막 코스인 커피는 마시지 않을 생각이었다. 식사 코스를 끝까지 앉아서 기다리지 않고 나는 언제든지 마음이 내키면 떠나갈 것이다. 애피타이저는 생략할 수도 있고 버터를 두껍게 바른 빵을 맨 마지막에 먹을 수도 있다. 가장 먼저 커피를 마시고 식사 전에 초콜릿을 먹고 야채샐러드에는 간장 소스를 뿌린다.

겁낼 것이 무엇인가. 나는 연애라는 게임에서 패배하지 않는 방법을 안다. 그것은 '脫戀愛主義'이다.

작가의 말

창작 수첩

예를 들어서, 이런 방법이 있다. 어리석을 정도로 고집이 세고 자기중심적이고 타협이나 화해를 싫어하고 자신과 가까운 사람에게 특히 냉정하고 자신은 아프거나 빚을 지거나 남의 도움을 빌려야 할 정도로 곤란에 처하는 일은 영영 없을 거라고 굳게 믿고 있으며 종교나 도덕이나 사랑과 같은 형이상학적인 것에 관심이 희박하고 앞으로 나가는 것에 대한 욕망이 강한 사람. 생물학적 성별은 female이고 나이는 삼십삼 세. 독신. 건강 상태 양호. 중산층 출신이나 노동 의지와 독립심이 특이할 정도로 상당히 강하다. 어떤 점에서는 과격하기조차 하다. 이런 인물을 설정한다. 이 설정은 임의이고 독립적인 것이므로 동시대의 한국 여성을 대표하는 성격이 있다거나 아니면 그 반대이거나 옹호해야 할 입장에 있다거나 아니면 그 반대이거나 하는 문제와는 물론 직접 관련이 없다. 그렇게 시작한다.

작가의 생각

 비록 나 자신 결혼이나 가족제도나 남녀관계에 대해 어떤 특정한 견해를 갖고 있다고 해도 다른 사람들의 삶에는 관심이 없고, 참견할 생각도 없다. 나는 그들이 이해하지 못하는 다른 것을 갖고 그들은 내가 이해하지 못하는 다른 것을 갖는다. 전적으로는 아닐지라도 그것은 사생활의 성격을 갖기 때문이다. 저마다 이런 '다른 점'들을 가지고 사생활을 살고 있지 않은가. 그런 '다른 점'을 가지고 있는 유경이 다수를 대변하는지 아니면 특이한 소수인지 나는 아직 그것을 판단하지 못한다. 나는 사람들과 사생활에 대해서 개인적인 대화를 깊이 나누어본 적이 없고 또한 신문이나 잡지나 방송 매체들에서 등장하는 사람들의 삶이 어느 부분에서는 사실(혹 존재한다면)과 많이 다르며 가치관과 견해의 문제에서는 상당히 미묘하거나 모호해질 수 있다는 것을 잘 알기 때문이다. 어느 경우에는 왜곡되고 정반대의 의미로 해석되기도 하는 것이 보통이다.

BGM

 대개 음악을 틀어놓고 작업을 한다. 오디오와 텔레비전을 동시에 틀어놓는 경우도 있다. 그런 경우 텔레비전의 소리를 없앤다. 단, 공중파 방송은 보지 않는다. 화면을 보기 위해서나 음악을 듣기 위해서는 아니다. 아무것도 없다면 어쩐지 불안하다. 내 경험에 의하면 클래식 음악은 야외에 나갔을 때 차 안에서 들으면 좋으며 마리아 칼라스는 아침에 들었고 작업할 때는 힙합이 최고였고 보통 운전할 때는 헤비메탈의 풀볼륨, 아무것도 하지 않고 멍하니 있을 때는 (대부분의 경우가 그랬지만) Estatic Fear같은 것을 들었고 생각이 앞으로 나가지 않을 때는 무한급수와 확률 분포 같은 문제를 풀었다. 수학 문제를 풀고 있으면 인생의 추상적인 문제들을 논리적으로 해석하게 된다. 생각이란 무엇인가 하는 것을 비로소 알게 되는 것이다. 알파벳 a로 시작하는 백 개의 단어를 써본다든지 주기율표를 완벽하게 암기한다든지 하는 것보다 나에게는 더 좋은 방법이었다. 비가 올 때는 동물원에 갔다. 밤에는 어쩔 수 없이 뉴에이지를 들었다. 전화 통화를 하면서 작업하는 경우도 많았다.

2000년 12월

자음과모음의 문학

서울의 낮은 언덕들 | 배수아 장편소설

낭송극 전문 무대 배우 '경희'가 고향을 떠나 먼 나라 낯선 도시와 낯선 사람들을 차례로 방문하는 혼란과 매혹의 여정. 소설과 에세이의 경계를 무너뜨리는 배수아 특유의 작품세계를 만날 수 있다.

당신의 몬스터 | 서유미 장편소설

"너의 소원을 말해봐" 모든 것이 절망으로 변하는 순간, 시작되는 달콤한 유혹! 걷잡을 수 없는 욕망의 늪에 빠져 추락하는 사람들의 이야기가 매력적으로 펼쳐진다.

프랑켄슈타인 가족 | 강지영 장편소설

오만과 편견으로 직조된 단단한 갑옷 같은 세상, 마음의 병을 치료해주던 정신과 전문의 김 박사가 사라졌다!
세균강박증, 다중인격장애, 섭식장애, 목욕탕 공포증, 홀수 트라우마, 과대망상증에 시달리는 '아주 특별한' 사람들의 '아주 특별한' 상처 극복법

동주 | 구효서 장편소설

"자신의 뜻과 상관없이 민족 저항 시인이 된 윤동주, 그것이 그를 죽게 한 이유다!" 모국어를 잃어버린 두 남녀를 통해 새롭게 밝혀지는 윤동주의 삶과 문학, 그리고 죽음.

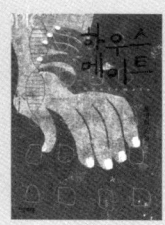

하우스 메이트 | 표명희 소설집

우리 사회의 마이너리티에 대한 예민한 시선을 토대로 독특한 리얼리즘을 보여온 작가 표명희의 두번째 소설집. 일상 속의 숨겨진 환상성을 끄집어내는 작가 특유의 필치로 그려낸 성스럽고 비천한 나와 내 이웃들의 모습을 담은 8편의 이야기.

고의는 아니지만 | 구병모 소설집

데뷔작이 베스트셀러가 된, 소설가로서는 흔치 않은 이력을 가진 구병모의 첫 소설집. 『위저드 베이커리』, 『아가미』 등 전작에서도 확인한 바 있는 독특한 상상력과 매력적인 서사, 현실과 환상성을 절묘하게 배합해내는 구병모 특유의 화법을 맛볼 수 있다.

환영 | 김이설 장편소설

자의든 타의든 삶의 벼랑 끝에 내몰려 가족을 위해 자신을 희생하고 타락시켜야만 했던 여자, 윤영. 그녀의 모습을 통해 불공평한 현대사회의 이면을 탄탄하고도 긴장감 넘치는 문체로 재현함으로써 우리가 눈감고 싶은 불편한 현실을 강렬하게 그려냈다.

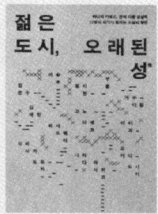

젊은 도시, 오래된 성(性)
| 이승우, 김연수, 정이현, 김애란 외

같은 시간, 다른 공간에서 탄생한 '도시'와 '성(性)'에 관한 이야기! 국내 최초로 시도되는 한중일 문학 교류 프로젝트의 첫번째 결실로, 3국의 작가들이 각각 다른 소재와 서사와 문체로 공통의 주제인 '도시'와 '성'을 말한다.

자음과모음의 문학

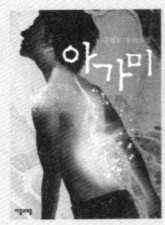

아가미 | 구병모 장편소설

죽음과 맞닥뜨린 순간, 생을 향한 몸부림으로 아가미를 갖게 된 남자와 그를 사랑한 이들의 가혹한 운명을 그린 소설. 작가 특유의 상상력과 개성 넘치는 서사로 절망적인 현실을 판타지적 요소로 반전시킨 참혹하면서도 아름답기 그지없는 작품이다.

일곱 개의 고양이 눈 | 최제훈 장편소설

무한대로 뻗어가지만 결코 반복되지 않는, 단 한 편의 완벽한 미스터리를 꿈꾸다! 하나의 코드 혹은 전체의 서사를 엮어 계속해서 생성되고 소멸되는 이야기의 향연. 출구를 찾을 수 없는 미로 같은 이번 작품은 작가의 무한한 상상력의 결정판이다.

라이팅 클럽 | 강영숙 장편소설

글쓰기를 빼놓고는 그 삶을 상상조차 할 수 없는 두 여자, 평생 '작가 지망생'으로 살아온 싱글맘 김 작가와 그녀의 딸 영인. 글쓰기란 삶 전체를 대가로 하는 모험일 수밖에 없다는 것을 온몸으로 증명하는 이 두 여자의 이야기다.

비즈니스 | 박범신 장편소설

국내 최초 한·중 동시 연재, 동시 출간! 천민자본주의의 비정한 생리에 일상과 내면이 파괴되어가는 사람들의 풍경을 서늘한 만큼 날카로우면서도 가슴 저리게 그려낸 박범신의 새 장편소설.

브로콜리 평원의 혈투 | 듀나 소설집

흡입력 있는 소설을 쓰는 작가, 듀나의 소설집. 판타스틱하면서도 피기스럽고, 때로는 당혹스럽기까지 한 거대 우주 프로젝트들, 시공간을 초월한 음모와 비밀들이 거침없이 펼쳐진다.

소현 | 김인숙 장편소설

소현세자의 숨 막히는 운명과 대격변의 정점에 놓여 있던 조선의 얼굴을 장대하면서도 섬세하게 그린 소설. 청나라가 명나라와의 전쟁에서 승리를 거두고 중국 대륙을 제패하던 시점, 소현세자가 볼모 생활을 마치고 환국하던 1645년 전후의 이야기를 담고 있다.

A | 하성란 장편소설

전대미문의 참사 '오대양 사건'을 모티프 삼아, 한 시멘트 공장에서 일어난 의문의 집단 자살을 그렸다. 작가는 소설 속 인물들이, 그리고 소설 밖 우리들이 벼랑 끝에 서 있음을 가감 없이 보여준다.

4월의 물고기 | 권지예 장편소설

"얼마나 더 사랑할 수 있을까?" 천사와 악마를 동시에 사랑한 한 여자의 애절한 사랑. 선과 악이 얽힌 인간의 양면적 본성을 파헤치며 엉킨 실타래처럼 복잡한 사랑의 내면을 조심스럽게 들춰낸다.

나는 이제 니가 지겨워

ⓒ 배수아, 2011

초판 1쇄 발행 2000년 12월 23일
개정판 1쇄 발행 2011년 12월 28일

지은이	배수아
펴낸이	강병철
주간	정은영
편집	임자영 황여정
디자인	씨오디 김희숙
제작	고성은 박이수
영업	조광진 장성준
마케팅	박제연 전소연
E-콘텐츠사업	정의범 한설희 이혜미

펴낸곳	자음과모음
출판등록	2001년 5월 8일 제20-222호
주소	121-753 서울시 마포구 동교동 165-1 미래프라자빌딩 7층
전화	편집부 02) 324-2347 경영지원부 02) 325-6047
팩스	편집부 02) 324-2348 경영지원부 02) 2648-1311
이메일	munhak@jamobook.com
홈페이지	www.jamo21.net

ISBN 978-89-5707-625-8 (03810)

잘못된 책은 교환해드립니다.
저자와의 협의하에 인지는 붙이지 않습니다.